5

요마전설 5

초판 1쇄 인쇄 / 2015년 2월 17일
초판 1쇄 발행 / 2015년 2월 24일

지은이 / 김남재

발행인 / 오영배
책임편집 / 편집부
펴낸 곳 / (주)삼양출판사 · 드림북스

주소 / 서울시 강북구 도봉로 173, 캠프 6층
대표 전화 / 02-980-2112 팩스 / 02-983-0660
편집부 전화 / 02-980-2116 팩스 / 02-983-8201
블로그 / blog.naver.com/dreambookss

등록번호 / 제9-00046호
등록일자 / 1999년 3월 11일

ISBN 979-11-313-0174-6 (04810) / 979-11-313-0169-2 (세트)

* 지은이와 협의하에 인지는 생략합니다.
* 잘못된 책은 구입한 곳에서 바꾸어 드립니다.

이 도서의 국립중앙도서관 출판시도서목록(CIP)은 서지정보유통지원시스템홈페이지
(http://seoji.nl.go.kr)와 국가자료공동목록시스템(http://www.nl.go.kr/kolisnet)에서
이용하실 수 있습니다. (CIP제어번호: 2015004605)

ORIENTAL FANTASY STORY & ADVENTURE
요도 김남재 신무협 장편소설

요마전설

妖魔傳說

5

dream
books
드림북스

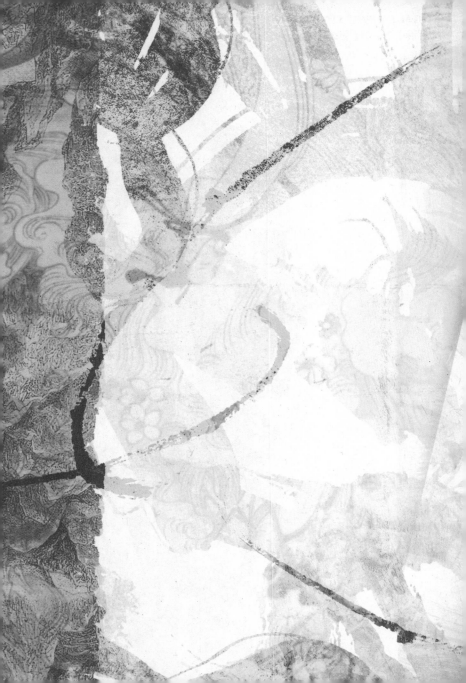

목 차

제1장. 구출 작전
— 움직이면 안 됩니다

조룡은 전전긍긍하고 있었다.

'대체 왜 이리 아무런 연락이 없단 말인가.'

범인에 대한 정보를 찾아오겠다던 하북팽가에게서 아직 아무런 것도 듣지 못했다. 몇 차례 연락을 취해 봤지만 잠시만 기다려 달라는 말만 돌아올 뿐 얼굴조차 보는 게 쉽지 않다.

조룡은 탁자 위에 올려놓은 술잔만 연거푸 입 안으로 털어 넣었다.

갑갑했다.

납치되어 버린 딸에 대한 걱정에 일은커녕, 잠 한숨도

자지 못하는 날의 연속이었다.

조릉이 그토록 답답해하고 있을 때였다.

내당 총관 심여원이 조심스레 방 안에 들어서고 있었다.

"장주님."

"무슨 일인가?"

"찾아오신 분이 계십니다."

"패, 팽 가주님이신가!"

"백하궁의 궁주님이 찾아오셨습니다."

화색을 띠며 물었던 조릉의 얼굴에 실망감이 서렸다. 기대가 깨어지자 조릉은 절로 화가 나는 감정을 감추기 어려웠다.

조릉이 딱 부러진 목소리로 답했다.

"만날 일 없다 전하게."

"만나 보심이 좋을 듯싶습니다."

"어째서?"

"아가씨의 일로 전할 말이 있다고 합니다."

"뭐? 그들도?"

조릉의 얼굴에 당혹감이 서렸다.

하북팽가도 그러더니 이번에는 백하궁 또한 조비연의 일로 만나기를 청하고 있다. 이런 상황에 잠시 의문이 들었지만 그보다 지금 중요한 것은 그게 아니었다.

찰나의 고민, 답은 정해져 있다.

"들라 하게."

대답이 떨어지자 심려원은 바깥으로 나갔고, 이내 백하궁 소속의 네 사람이 조륭의 거처로 걸어 들어왔다. 그들의 등장에 조륭은 술병을 옆으로 치우며 자리에서 일어났다.

"내 딸의 일로 할 말이 있으시다는데 맞소?"

"네, 맞아요."

방에 들어서기가 무섭게 말을 걸어오는 조륭을 향해 월하린이 답했다. 조륭이 무엇인가 더 말을 물으려 할 때였다. 그보다 먼저 월하린이 입을 열었다.

"사람을 물려 주세요."

"뭐요?"

"그 누구도 들어서는 안 될 이야기가 있어서요."

"이곳엔 나를 제하고는 아무도 없소이다."

"뒤쪽에 있잖아요. 장주님을 지키는 호위무사들."

"……저들까지 말이오?"

조륭이 표정을 구겼다.

한시도 조륭에게서 떨어지지 않는 그림자 같은 이들이다. 그런 자들까지 이곳에서 나가게 하라고 하자 조륭은 한편으로 언짢았다.

"이들은 내 수족과도 같은 이들이오. 그러니……."

"지금 장난에 놀아나고 있다는 걸 알라나 몰라."

뒷짐을 진 채로 중얼거리는 백호의 말을 조룡은 똑똑히 알아들었다.

"그게 무슨……."

"장주님."

월하린이 조룡의 눈을 똑바로 바라보며 말을 걸었다. 일순 조룡이 입을 닫자 월하린은 시선을 마주한 채로 말을 이었다.

"따님의 생사가 달린 일이에요. 잠시만 그들을 물려 주세요."

자신을 마주 보는 월하린의 시선은 너무나 올곧았다. 한 치의 흔들림도 느껴지지 않았고, 그 누구와 마주했을 때도 느껴 보지 못했던 진솔함이 풍겨 왔다.

그 눈빛을 마주하고 있자 조룡은 자신도 모르게 고개를 끄덕이고야 말았다.

"물러들 가거라."

조룡의 짧은 한마디에 뒤쪽에 숨어 있던 이들이 거짓말처럼 사라졌다.

호위무사들을 비키게 한 조룡은 그런 자신의 판단을 스스로도 믿기 어려웠다. 감정보다는 이성으로 모든 걸 결정

짓는 자신이 한 여인의 눈빛에서 느껴지는 알 수 없는 믿음에 따랐다는 것은 놀라운 일이었다.

조룡이 짐짓 힘을 주어 말했다.

"말해 보시오. 내가 장난에 놀아나고 있다니 그게 무슨 뜻이오?"

"하북팽가와의 이야기 들었어요. 그들이 조 소저를 찾는데 도움을 주겠다고 했다면서요?"

"그렇소만."

"그들은 장주님을 속이고 있어요."

"속인다고? 하북팽가가 말이오?"

"네."

"그들은 반드시 비연이를 찾는 데 큰 단서를 준다 했소. 그런데 뭘 속인다는 말이오?"

"맞아요. 그들은 조 소저를 찾아내겠죠."

"그럼 뭐가 문제란 말이오?"

조룡이 격앙된 목소리로 말했다.

그리고 그때 월하린의 입에서는 놀라운 말이 흘러나왔다.

"당연히 찾아낼 수밖에 없죠. 조 소저를 납치한 범인이 그들이니까요."

"……무슨 말이오?"

"하북팽가가 조 소저를 납치했다고요."

"하!"

기가 차다는 듯 조륭이 짧게 소리를 토해 냈다.

조륭의 표정에서 월하린은 그가 자신을 믿고 있지 않다는 걸 알 수 있었다. 허나 그건 당연한 것이다. 사실을 듣고서도 쉬이 믿기 어려웠던 것은 월하린 또한 마찬가지였으니까.

"나랑 장난치시오?"

"하나씩 말씀드리죠."

말을 마친 월하린이 아운을 바라봤다. 뒤편에 서 있던 아운이 앞으로 걸어 나와 소매 안에 감추고 있던 조그마한 통을 꺼내어 들었다.

아운을 향해 조륭이 물었다.

"뭔가 그게?"

"비산통파죠."

"그게 비산통파?"

조비연을 지키던 호위무사를 죽인 암기가 바로 비산통파다. 아운의 설명이 이어졌다.

"이 암기는 꽤 파괴력이 있죠. 그리고 꼭 알아 두셔야 할 게 하나 있는데 비산통파는 한 명을 죽이는 것보다 다수를 노릴 때 사용하는 암기라 볼 수 있다는 겁니다. 그건 이 암기의 특이한 점 때문인데…… 뭐, 말보다는 직접 눈으로 보시는 게 낫겠죠."

말을 마친 아운이 갑자기 통을 들어 멀리 떨어진 벽면을 노렸다. 그리고 가볍게 손을 움직이는 순간 비산통파 안에 들어 있는 비침이 쏟아져 나갔다.

파파팍!

수십 개가 넘는 비침들이 벽에 틀어박혔다.

갑작스러운 아운의 행동에 놀란 조릉이 더듬거리며 소리쳤다.

"이, 이게 무슨 짓인가! 이곳에서 암기를 쏘다니!"

"아아, 흥분은 자제하시고 우선 저길 보시죠."

아운이 벽을 가리키며 말했다. 벽에는 날아든 비침들이 수도 없이 박혀 있었다. 그것을 확인한 조릉이 물었다.

"대체 뭘 보라는 건가?"

"딱 보면 모르겠습니까? 비침들이 광범위하게 퍼져 있잖아요."

그 말을 듣고서야 조릉은 비침들이 박혀 있는 위치를 주의 깊게 바라봤다. 아운의 말대로 비침들은 커다란 원형 꼴로 둥그렇게 박혀 있었다.

허나 그것이 뭐가 중요하단 말인가.

"그래서?"

"시체 기억 안 납니까?"

"그야……."

호위무사에 대해 이야기하려던 조릉의 얼굴이 갑자기 돌변했다. 아운이 사용한 비산통파는 무척이나 넓은 면적으로 퍼져 있었다. 하지만 죽은 조비연의 호위무사는 달랐다. 머리, 가슴 두 곳 모두 오밀조밀하게 비침이 박혀 있었다.

조릉의 안색이 변했을 때다.

"그게 뜻하는 게 뭘까요? 비산통파의 비침들이 그토록 촘촘하게 박히게 되는 경우는 하나뿐이죠."

말을 마친 아운이 천천히 다가와 조릉의 지척에 섰다. 그러고는 실눈을 한 채로 가볍게 웃으며 말했다.

"바로 이 정도로 가까운 거리에서 쐈을 때. 바로 그때뿐이죠. 그런데 이게 참 아리송하다 이겁니다. 분명 그 무인은 실력이 제법 되는 자로 알고 있는데 왜 이렇게 지척까지 다가왔을 때까지 아무런 방비도 못 했을까요?"

"……면식이 있는 자라는 소리로군."

"바로 그겁니다! 자, 그럼 두 번째 단서 들어가죠."

"두 번째 단서?"

말을 마친 아운이 조릉을 뒤로한 채로 물러났다. 그리고 가만히 서서 둘의 이야기를 듣고만 있던 전우신이 나섰다.

"사건이 벌어진 시각, 장주님의 여식이 실종된 객잔 인근에 모습을 드러냈던 자들을 전부 조사했습니다. 특이했던 자나, 무인으로 보이던 이들까지 모두 알아봤지만 여식분과 일면식이 있을 법한 이는 아무도 없었습니다. 단 한 명을 제외하곤."

"그게 누군가?"

"하북팽가 가주의 아들 팽현입니다."

"팽현이 객잔 근처에서 모습을 드러냈다고? 우린 그런 정보를 얻지 못했네. 그리고 어찌 그날 근방에 지나다녔던 이들을 그토록 면밀히 확인할 수 있었단 말인가."

"믿어도 됩니다."

"어째서?"

"하오문의 정보입니다."

"……."

하오문의 정보라는 말에 조릉은 아무런 대꾸도 하지 못했다. 하오문은 개방과 함께 무림의 정보를 책임지는 자들이다. 그들은 어디에나 있고, 아무도 모른다 자부할 수 있는 비밀조차도 알고 있는 자들이다.

두메산골에 위치한 조그마한 초가집에 있는 젓가락 숫자까지 아는 자들이 바로 그들이 아니던가.

그런 그들에게 당일 인근에 보였던 이들의 정보를 알아

오는 것 따위는 일도 아닐 게다.

조릉의 표정에 어렸던 불신이 점점 의심으로 변해가고 있는 그때였다. 전우신이 쐐기를 박을 마지막 인물을 불러냈다.

"여태까지는 모두 저희의 추정에 가깝습니다. 하지만 마지막 이 이야기를 들어보시면 이 추정은 진실이 될 겁니다."

말을 마친 전우신이 백호를 향해 고개를 끄덕였다.

가만히 서 있던 백호가 자기의 순서가 되자 천천히 입을 열었다.

"난 뭐 길게 설명 못 하겠고, 그냥 그 하북팽가의 우두머리 놈이 떠들어 대던 이야기를 그냥 전하죠."

백호가 숨을 내쉬고는 어제 하북팽가의 자들이 떠들어 대던 이야기를 다소 줄여 내뱉었다.

"그 작자가 계속 찾아오는 건 재미있지만 슬슬 단서를 줘야겠다. 하지만 여식이 네 얼굴을 봤으니 혀와 눈, 손을 자르고 귀를 망가트리거나 아니면 머리에 내력을 불어넣어 인간 구실 못 하는 바보 천치로 만들어 버리도록 하자. 이건 우리 둘만 아는 비밀이다."

청산유수로 말을 내뱉은 백호가 입을 닫았다.

그리고 그 모든 말이 끝나자 잠시 멍하니 서 있던 조릉의 얼굴색이 새빨갛게 변했다.

머리가 어질어질했다. 그 끔찍한 말을 듣는 순간 납치된 여식 조비연의 얼굴이 눈앞에서 아른거리며 조릉은 자신도 모르는 사이에 휘청거렸다.

그는 간신히 팔로 책상을 짚으며 몸을 지탱했다.

잔인한 그 한 마디 한 마디가 사랑스러운 딸 조비연에게 향하는 날카로운 칼로 변해 그녀를 난도질하는 것만 같았고, 결국 그의 분노가 터져 버리고야 말았다.

챙그랑!

조릉은 자신도 모르게 앞에 놓여 있던 술잔을 손으로 움켜잡았다. 잔이 깨어지며 손에서 피가 철철 흘러넘쳤지만 아픔 따위는 느껴지지 않았다.

머리로 피가 몰리며 이성이 마비될 것만 같았다.

"그 말이…… 사실인가?"

"사실인지 아닌지는 모르고 난 그냥 들은 말을 그대로 전했으니 판단은 그쪽이 알아서 합시다."

백호가 시큰둥하니 말했다.

사실 백호로서는 이렇게 이번 일에 휘말리는 것이 귀찮았다. 그는 인간 여자 하나 따위가 어찌 되는 건 전혀 중요하지 않았다. 그저 월하린이 도와 달라 부탁했기에 이렇게 움직이고 있을 뿐이지 의욕이 있는 건 결코 아니었다.

조릉은 피가 뚝뚝 떨어지는 손을 여전히 꽉 움켜쥔 채로 벽을 바라봤다.

가득 박혀 있는 비침들을 바라보는 조릉의 눈빛이 서서히 타오르기 시작했다.

지척까지 다가올 정도로 친분이 있는 자.

사건이 벌어지기 직전 객잔 근처에서 모습을 보였던 팽현. 결정적으로 하북팽가 가주 팽조윤이 지껄인 말까지.

만약 이 모든 것이 사실이라면 범인이 누군지는 단번에 알 수 있었다. 더군다나 하북팽가에게는 그런 일을 벌이면서 얻을 수 있는 충분한 실리가 있다.

단서들이 한번에 쏟아지자 조릉의 머리에서 수많은 가정들이 떠올랐다. 그리고 이내 조릉은 답을 내릴 수 있었다.

사건이 일어나자마자 두 손 걷고 돕겠다며 달려들 때 수상하다는 걸 눈치챘어야 했다. 하지만 평소와는 달리 냉정함을 잃은 조릉은 조금의 의심조차 하지 않았다.

허나 백하궁에게서 이야기를 전해 듣자 그제야 눈치채지 못했던 수많은 의심들이 모습을 드러냈다.

"감히 그놈들이 내 여식을 건드려!"

쾅!

버럭 소리친 그가 책상을 주먹으로 내려쳤다.

피가 사방으로 튀었지만 조릉은 아랑곳하지 않았다. 당

장에 두가장의 무인들을 시켜 놈들을 찢어 죽여도 직성이
풀리지 않을 것만 같았다.

"내 당장 그놈들을……."

"참으세요."

"참으라고? 어찌 그런 놈들을 그냥 용서한단 말이오!"

월하린의 만류에 조릉이 버럭 성을 냈다.

그런 그를 향해 월하린이 차분한 얼굴로 대답했다.

"장주님, 냉정을 찾으세요. 가장 중요한 건 조 소저를
무사히 되찾는 거 아닌가요?"

"……."

"잘 생각해 보세요. 장주님께서 이런 증거를 들이밀어도
하북팽가 입장에서는 잡아떼면 그만이에요. 그리고 오히려
의심을 사게 되면 완벽하게 이 일을 감추기 위해 조 소저를
죽일지도 모르죠. 그걸 바라시는 건 아니잖아요?"

월하린의 말은 길길이 날뛰던 조릉이 마음을 차갑게 가
라앉히는 데 큰 도움이 됐다. 그녀의 말대로다. 지금 괜스
레 하북팽가를 들쑤셨다가는 증거를 인멸하기 위해 조비연
을 죽일 확률이 높다.

숨을 몰아쉬며 간신히 뜨겁게 달아오른 분노를 가라앉힌
그가 물었다.

"생각이 있으신 게요?"

"우선 장주님께서는 이 일에 대해 전혀 모르는 것처럼 그들을 대해 주세요. 저희 측을 철저히 무시하는 것 같은 모습을 보여주셔도 좋고요. 그리고 무엇보다 중요한 건 그들이 움직일 계기를 만들어 주셔야 해요."

"계기 말이오?"

"예, 장주님은 그들에게 간이고 쓸개고 다 줄 것 같이 행동하시면 돼요. 결국 조 소저를 돌려보내기 위해 결단을 내리면 그들은 움직이겠죠. 그리고 그 틈에 저희가 조 소저를 구할게요."

"그게 가능하겠소?"

물어보는 조룡의 목소리에는 걱정이 가득했다.

딸 조비연의 일에 하북팽가가 개입되었다는 걸 알자 분노와 함께 커다란 걱정이 밀려들었다. 차라리 몸값을 노리는 괴한들의 짓이라면 돈으로라도 해결하면 그만이다.

허나 하북팽가가 범인이라면 다르다.

그들은 결코 이 일에 자신들이 개입되었다는 사실이 밝혀져서는 안 되는 입장이다. 그렇다면 팽조윤 그자가 말했던 것처럼 조비연을 멀쩡히 돌려보낼 리가 없다.

반 불구가 되거나, 바보가 된 조비연을 본다면 억장이 무너지고야 말리라.

걱정스러운 조룡을 향해 월하린이 걱정 말라는 듯 고개

를 끄덕였다. 그러고는 이내 옆에 가만히 서 있는 백호를 올려다보며 말했다.

"문제없어요. 그들은 이미 백호 손바닥 안에 있거든요."

말, 행동 그 어떠한 것으로도 그들은 백호에게서 자유로울 수 없었다. 그들이 하는 말은 모두 백호의 귀에 들릴 것이고, 비밀스러운 움직임 또한 백호를 피해 가지 못할 거라는 자신감이 있었다.

조륭은 고개를 끄덕였다.

믿고 안 믿고의 문제가 아니다.

지금 할 수 있는 선택이 오직 이것 하나뿐이었기에 그저 모든 것을 걸 수밖에 없는 상황이었다.

백하궁이 해내지 못한다면 조륭 또한 현재로서는 아무런 것도 하지 못한다. 그 사실을 알기에 조륭은 그들에게 모든 희망을 걸었다.

쏟아져 나오려는 눈물을 삼키며 조륭이 입을 열었다.

"내 여식만 구해 준다면 백하궁에게 이번 일에 대한 보상을……."

"그런 이야기는 나중에 하셔도 돼요. 지금 중요한 건 그런 게 아니라 여식분의 안위니까요."

월하린이 그런 말은 됐다는 듯이 말을 잘랐다.

그러고는 이내 입술을 깨물고 있는 조륭을 향해 부드러

운 어조로 말했다.

"장주님. 아시겠지만 저도 아버지의 실종 이후 많은 일을 겪었어요. 그래서 지금 장주님께서 얼마나 마음이 무너질 것 같은 슬픔에 젖어 있으신지 너무나 잘 알고요. 하지만…… 버텨 주세요. 저희가 최선을 다해 볼게요."

월하린의 그 한 마디가 조룡에게는 너무나 큰 위로로 다가왔다. 잊고 있었다. 이 여인 또한 자신과 마찬가지로 실종된 가족을 찾아다니지 않았던가.

그런 여인이 이토록 자신을 위해 힘을 내라 말해 주고 있었다. 조비연을 위해서라도 조룡은 이렇게 무너질 수 없었다.

조룡이 마음을 독하게 다잡으며 말했다.

"그리하리다."

그의 볼을 타고 뜨거운 눈물 한 줄기가 흘러내렸다.

*　　　　*　　　　*

"백호, 자꾸 귀찮은 일을 부탁해서 미안해요."

월하린이 입구에 선 채로 백호를 향해 중얼거렸다. 백호는 별말 없이 옆에 놓여 있는 당과 주머니를 품 안에 넣었다.

오늘부터 며칠 동안 백호는 하북팽가 가주 팽조윤을 그림자처럼 쫓아다녀야 했다. 그랬기에 백호는 그 며칠 동안 먹을 당과를 챙기고 있었던 것이다.

월하린은 백호에게 미안했다.

처음부터 백호는 이 일에 자신이 뭔가를 해야 한다는 걸 귀찮아했다. 그럼에도 불구하고 이렇게 별 불만 없이 돕고 있는 것은 전부 자신의 부탁 때문이라는 걸 그녀는 잘 알고 있었다.

당과 주머니를 챙긴 백호가 월하린에게 다가왔다.

그가 히죽 웃으며 말했다.

"말로만?"

월하린은 웃어 주는 백호가 고마웠다. 덕분에 그녀는 백호를 대하는 것이 한결 편할 수 있었으니까. 월하린이 백호를 향해 약속이라도 한다는 듯 새끼손가락을 내밀며 말했다.

"원하는 거 다 들어 줄게요."

"정말?"

월하린은 고개를 끄덕이고 계속해서 손가락을 내밀고 있었지만 백호는 그 모습을 멀뚱멀뚱 바라만 봤다. 백호는 월하린이 손가락을 내민 모습을 이해할 수 없다는 듯한 표정이었다.

그제야 알아차렸는지 월하린이 손가락을 건다는 행위에 대해 설명했다.

　"인간들끼리 하는 건데 이렇게 새끼손가락을 내밀어서 서로 걸면 그 약속은 어떻게든 지키겠다는 뜻이에요."

　"하여튼 인간들 웃겨. 이게 무슨 어린애 같은 짓이야?"

　"그럼 하지 말까요?"

　월하린이 손을 빼려 하자 백호는 재빠르게 새끼손가락을 내밀었다. 그는 고개를 옆으로 돌린 채로 헛기침을 하며 중얼거렸다.

　"하지 말자는 건 아니고."

　그 모습이 너무나 백호다웠기에 월하린은 살포시 웃고야 말았다.

　그러고는 이내 가만히 서서 새끼손가락만 내밀고 있는 백호를 향해 자신의 손을 내밀었다.

　둘의 손가락이 맞닿았다.

　월하린의 손가락이 백호의 손가락을 감싸 안았다.

　손가락이 빠질세라 꼭 마주 쥔 채로 월하린이 환하게 웃었다.

　"약속이요."

　손가락을 낀 채로 가볍게 흔들어 대는 월하린을 백호는 가만히 내려다봤다. 손가락을 흔들어 대며 웃는 얼굴이 이상할 정도로 가슴에 와서 박힌다.

너무 뚫어져라 자신을 바라보는 백호의 시선에 월하린이
물었다.

"왜요?"

"너 내가 어떤 소원을 빌 줄 알고 그런 말을 하냐. 내가
만약 너한테 말도 안 되는 소원이라도 빌면 어쩌려고."

"말도 안 되는 소원이요? 아, 말 바꾸는 것 같아 미안한
데 진마멸천신공은 빼고요."

월하린의 말에 백호가 고개를 강하게 저으며 말했다.

"아니, 그거 말고 내 말은……."

"그게 아니면 뭔데요?"

"……됐다."

백호가 갑자기 얼굴이 빨개져서는 휙 하니 고개를 돌려
버렸다. 그러고는 문가에 선 월하린을 지나쳐 나가 몇 걸
음 걷다 움직임을 멈췄다.

"혹시 모르니 매화랑 두건이랑 절대 떨어지지 마. 못 미
더운 놈들이긴 하지만 없는 것보다는 나을 거야."

"그럴 테니까 너무 걱정 말아요."

"그리고…… 너무 미안해 안 해도 돼. 네가 이 일을 이
렇게 도우려 하는 게 아버지 때문이라는 걸 잘 알고 있으니
까."

월하린이 조비연을 구하는 일에 이토록 적극적인 이유는 비단 백하궁이 얻을 수 있는 이득 때문만이 아니다. 그것뿐이었다면 차라리 정보를 넘겨주는 선에서 조룡과의 모든 이야기를 끝냈을 수도 있다.

허나 월하린이 이토록 직접 나서고 있는 건 역시나 아버지인 월천후의 영향이 컸다.

가족을 잃을지도 모르는 조룡을 도저히 모른 척 넘길 수 없었던 탓이다.

설마 백호가 알 거라 생각하지 못했던 월하린이었기에 놀란 듯 물었다.

"어떻게 알았어요?"

"그걸 모르겠냐? 얼굴에 쓰여 있는데?"

"그랬어요?"

"그러니까…… 걱정하지 마. 그 여자도 찾고, 네 아버지도 내가 찾아 줄 테니까."

생각지도 못한 그 한마디에 월하린은 멍하니 돌아서 있는 백호의 뒷모습만 바라봤다. 그러고는 이내 그녀는 웃었다.

고마웠다.

말만이라도 저렇게 말해 줄 수 있는 사람이 옆에 있다는 것이 든든했다.

웃기만 하고 아무런 말도 하지 않는 월하린을 향해 백호
가 퉁명스레 말했다.

"왜 웃기만 해? 안 믿기냐?"

"아뇨. 당신은 약속을 꼭 지키잖아요. 조 소저도, 제 아
버지도 백호 당신이 꼭 찾아 줘요."

월하린의 말을 듣고서야 백호는 천천히 걷기 시작했다.
그런 백호를 바라보며 월하린은 두 눈을 꼭 감았다.

'당신을 믿어요.'

*　　*　　*

월하린의 부탁대로 조릉은 분노를 감춘 채로 매일매일
하북팽가의 거처를 찾아왔다. 조릉은 하북팽가 가주 팽조
윤에게 그를 믿는다는 느낌이 들게끔 최대한 연기했고, 그
덕분인지 팽조윤은 아직까지 뭔가 수상하다는 걸 알아차리
지 못했다.

조릉은 연기는 그뿐만이 아니었다.

약조된 대로 그는 철저히 백하궁을 배제하는 모습을 보
였다. 그 모습은 팽조윤을 무척이나 흡족하게 만드는 데
일조했다.

겉으로 보기에 조릉은 하북팽가를 전적으로 신뢰하며,

그들을 위해 백하궁과는 척을 진 듯한 모습을 내비쳤기 때문이다. 그런 조륭의 노력 덕분에 팽조윤은 그가 완전히 자기에게 넘어왔다는 착각에 빠질 수밖에 없었다.

하북팽가에게 마음을 열고 다가서는 모습을 계속해서 보여주던 조륭이 마침내 주사위를 던졌다.

차를 마시고 있던 팽조윤의 얼굴에 당황한 기색이 서렸다.

"지금…… 뭐라 하셨습니까?"

"이번에 새로 사업을 확장하려 하는데 그걸 하북팽가에게 맡길까 한다 했소이다."

자신의 귀를 의심할 만큼 매혹적인 제안을 들은 팽조윤은 황급히 차를 마시며 놀란 속을 달랬다. 그는 찻잔으로 입을 가린 채로 슬쩍 웃음을 삭혔다.

너무나 매력적인 제안이다.

원했던 것은 말과 붓의 판권이었거늘, 덤으로 생각지도 못한 것들이 굴러들어 왔다. 팽조윤은 손가락을 꼼지락거리며 머리를 굴려 댔다.

'이거야말로 일석이조로구나. 생각보다 훨씬 큰 수확을 거뒀어. 하하.'

이 정도로 두가장이 자신들을 밀어준다면 까불어 대는 백하궁은 힘으로 내리누르고, 오히려 자신들의 세력을 보다 크게 늘릴 수 있는 기회가 생길지도 모르는 일이다.

팽조윤을 움직이게 하기 위해 미끼를 던졌던 조릉이 슬쩍 말을 돌렸다.

"내 여식의 일은 어찌 되어 가고 있소?"

"허허, 너무 걱정 마시오 장주. 어느 정도 놈들의 꼬리를 잡았으니 근 시일 안에 결과를 낼 수 있을 것 같소이다. 하북팽가의 무인들이 쉼 없이 캐고 다닌 덕에 생각보다 빨리 단서를 찾은 듯하오."

하북팽가의 노력을 잊지 말라는 듯이 자신의 문파의 이름을 슬쩍 거론하며 팽조윤이 인자한 목소리로 조릉을 다독였다.

얼마 전이었다면 그런 팽조윤에게 고마워했을 조릉이었지만 이제는 아니다.

그들의 속내를 알아 버린 지금 조릉은 그런 팽조윤의 행동 하나하나에 구역질이 치밀었다.

'조금만 기다려라. 그 더러운 얼굴 뒷면에 감춰진 진실이 밝혀지는 그날 네놈을 결코 용서치 않을 테니까.'

겉과 다른 생각을 하는 두 사람이 그렇게 서로 마주 앉아 있을 뿐이었다.

조릉이 돌아가기 무섭게 팽조윤은 팽현을 찾았다.

"현이! 당장 현이를 들라 하라!"

팽조윤의 명령에 하북팽가의 무인 하나가 다른 곳에서 대기하고 있던 팽현을 방으로 안내했다. 기다리고 있었다는 듯 팽현 또한 빠른 걸음으로 들어섰다.

"아버님, 찾으셨습니까?"

"드디어 때가 되었다."

"움직이실 생각이십니까?"

"그래. 멍청한 장주 놈이 우리에게 새로운 사업까지 내준다는구나. 더 애를 태우는 것보다는 이제 슬슬 이 일을 정리하는 게 낫지 않을까 싶구나. 네 생각은 어떠하냐?"

"저도 아버님의 생각과 같습니다. 이미 받을 만큼 충분히 받았다 생각하고, 거기에 새로운 것까지 얹어 주겠다는데 더 시간을 끌면 좋을 건 없어 보입니다."

새로운 사업까지 내준다는 소식을 전해 들은 팽현의 표정 또한 무척이나 밝았다. 팽조윤은 팽현까지 자신의 의견에 동의하자 고개를 끄덕이고는 명을 내렸다.

"이 일은 네 선에서 완벽하게 마무리 짓도록 해라."

"그리하겠습니다."

"네가 일을 끝내면 곧바로 내가 하북팽가의 무인들을 이끌고 가서 조비연을 구출해 내는 척하며 그곳에 있는 놈들을 전부 정리하도록 하마. 그러니 넌 그 전에 빠져나오도록 해야 한다."

팽현이 먼저 조비연의 뒤처리를 끝낼 것이고, 팽조윤은 그 이후에 움직이면 된다. 그때쯤 되면 조비연은 이미 사람 구실 하기 힘들게 되어 있을 테고, 그건 모두 다른 이들이 벌인 일로 덮어씌우고 죽여 버리면 그만이다.

모든 계획을 정리한 그가 말했다.

"시작하거라."

"알겠습니다, 아버님."

팽현에게 팽조윤은 준비해 두었던 조그마한 종이를 건넸다. 그것을 건네받은 팽현은 곧바로 바깥으로 걸어가 뒤뜰로 향했다.

뒤뜰에는 미리 준비해 두었던 전서구(傳書鳩:우편용 비둘기) 한 마리가 대기하고 있었다. 틀 안에 갇힌 전서구를 꺼내어 든 팽현은 종이를 발목에 묶었다.

준비를 마친 팽현이 전서구를 허공으로 던져 올리며 중얼거렸다.

"가거라."

푸드득.

얌전히 있던 전서구가 곧바로 날개를 펴며 허공을 가로질렀다. 그렇게 전서구가 빠르게 하북팽가 무인들이 머무는 화련각의 담장을 넘을 때였다.

타다닥.

나무 위에 몸을 감추고 있던 누군가가 툭 하고 떨어져 내리더니 이내 믿을 수 없는 속도로 전서구를 따라 달리고 있었다.

하북팽가를 감시하고 있던 백호였다.

'망할 놈들이 갈 거면 자기가 직접 갈 것이지 이게 뭔 짓이야.'

전서구는 거칠 것 없이 날았고, 그 먼 높이에서 나는 새의 위치와 속도를 따라잡는 건 불가능에 가까웠다.

새는 하늘을 난다.

그에 비해 땅을 달려야 하는 입장에서는 수많은 장애물들이 있기 마련이다. 담장이 있고, 집도 있다. 지나다니는 사람들과 수많은 방해거리들이 길을 막고 있는 탓이다.

하지만 지금 전서구를 쫓는 것은 다름 아닌 백호였다. 그 모두가 불가능한 일이라 할지라도 백호는 그 말도 안 되는 게 가능했다.

백호는 전서구를 따라 달리다가 앞에 있는 노점상을 발견했다. 엄청난 속도로 달리던 백호는 망설임 없이 그대로 뛰어올랐다.

타악.

단번에 노점상을 건너뛴 백호는 주저하지 않고 그대로

옆에 있는 벽을 발로 차며 위로 솟구쳤다. 그의 몸이 빠르게 벽을 타고 건물 위를 향해 달리고 있었다. 수직의 벽을 간단하게 타고 오른 백호는 그대로 건물 지붕을 밟으며 달리기 시작했다.

휙휙.

바람을 연상케 할 정도로 빠른 백호의 발걸음이 순식간에 여러 채의 건물들을 스쳐 지나갔다.

원래 그는 하북팽가가 움직였다는 사실을 월하린에게 먼저 알리려 했다. 하지만 그들이 전서구를 이용하는 통에 백호는 바로 따라 움직여야만 했다.

껑충껑충 뛰며 건물 지붕과 지붕 사이를 건너뛰던 백호의 시선은 전서구에게서 떨어지지 않았다.

어느새 전서구는 두가장이 있는 동천을 벗어나 자그마한 숲길로 들어섰다.

길이 잘 닦여져 있지 않은 탓에 거동이 그리 쉽지 않았지만 백호에게 그런 건 별로 중요치 않았다. 백호는 혹여나 전서구를 놓칠까 봐 나무 위로 이동하며 그 뒤를 쫓았다.

그리고 어느 순간부터 하늘을 날고 있던 전서구의 모습이 조금 더 또렷하게 시야에 들어왔다.

전서구가 점점 아래로 향하고 있다는 소리였다.

'곧 목적지에 도착한다는 건가?'

백호는 어렴풋이 상황을 짐작했다. 그리고 예상대로 얼마 되지 않아 높이 날던 전서구가 급한 속도로 하강했다.

전서구를 바람처럼 쫓던 백호의 움직임도 급속도로 사그라졌다.

타악.

나무에서 뛰어내린 백호는 곧바로 몸을 감췄다.

산속에 위치한 조그마한 집. 전서구는 그 집의 입구에 걸린 조그마한 나무토막 위에 앉았다. 그리고 전서구가 멈추어 서기 무섭게 닫혀 있던 문이 열렸다.

끼이익.

나무로 된 문이 소리를 토해냈고, 안에서는 수염이 덥수룩한 사내 하나가 모습을 드러냈다.

짧은 소매 사이로 뻗어 나온 팔뚝에는 자잘한 상처들이 가득했다. 짧게 자른 머리에 험상궂어 보이는 외모를 한 사내가 들고 있던 도끼를 바닥에 박아 넣고는, 전서구의 다리에 걸린 종이를 풀기 위해 손을 뻗었다.

그 모습을 나무 뒤에 몸을 감춘 채 보고 있던 백호는 일순 망설였다.

'나서? 말어?'

조금 더 때를 봐야 할지, 아니면 당장에 저 서찰을 빼앗아야 할지 백호는 선택의 기로에 섰다. 하지만 지금 백호에게는 여유 있게 고민할 시간 따윈 없었다.

적어도 저 종이에 적힌 내용만큼은 반드시 확인해야겠다고 백호는 결단을 내렸다.

나무에 몸을 감추고 있던 백호가 성큼 앞으로 걸어 나가며 소리쳤다.

"야! 나무꾼!"

백호의 외침에 종이를 풀려던 사내의 손이 땅에 박아 두었던 도끼로 향했다. 움찔한 그가 도낏자루에 손을 가져다 댄 채로 상대방을 바라봤다.

"넌 누구……."

"아 됐고, 미리 경고할게. 움직이지 마. 그럼 죽을 테니까."

"뭐 이런 미친놈이 다 있어?"

사내는 이를 부득 갈며 손에 든 도끼를 강하게 움켜쥐고는 득달같이 달려들었다. 그것은 큰 실수였다. 그는 알았어야 했다. 백발을 보고 바로 백호라는 존재를 떠올려야 했거늘 그게 너무 늦었다.

도끼가 사내의 손을 떠났다.

부웅!

공기를 가르는 소리와 함께 도끼가 백호를 향해 날아들

었다. 냅다 던진 도끼는 사내의 힘과 맞물려 빠르게 회전
했다.

백호가 빠르게 허리에 차고 있던 검에 손을 가져다 댔
다.

파앗!

손톱으로 만들어진 그의 검이 뽑혀져 나왔다. 백호의 검
이 순식간에 날아드는 도끼를 쳐 냈다.

타앙!

공격은 거기서 끝이 아니었다.

도끼를 던지는 것과 동시에 달려들었던 거구의 몸뚱이가
백호를 덮쳐 들어왔다. 그의 솥뚜껑만 한 주먹이 백호의
얼굴을 노렸다.

허나 주먹이 닿은 것은 백호의 허상이었다.

그의 몸이 거짓말처럼 잔영만을 남기고 사라졌다. 사내
의 주먹이 빈 허공을 가르는 찰나였다. 눈에서 사라졌다
생각했던 백호의 몸이 아래쪽에서 흔들렸다.

백호의 손바닥이 비어 있는 사내의 가슴팍을 후려쳤다.

퍼억!

달려들던 그대로 가슴을 적중당한 사내가 뒤로 밀려나는
순간이었다. 그보다 빠르게 백호의 몸은 그자의 뒤편으로
돌아가 있었다.

정면에서 공격을 한 자가 밀려나는 것보다 빠르게 그자의 뒤에 당도할 정도로 백호의 움직임은 놀라웠다.

그러고는 곧바로 백호는 손을 뻗어 그자의 목을 움켜잡고는 앞에 있는 집을 향해 냅다 집어던졌다.

쾅!

거구의 사내가 날아들자 집은 산산이 부서져 버렸다. 그자가 틀어박히며 집이 무너지는 순간 놀란 전서구가 날아올랐다.

백호가 짧게 중얼거렸다.

"어딜."

껑충 뛰어오른 백호는 곧바로 전서구를 잡아채며 땅에 착지했다. 전서구를 낚아챈 그는 아무렇지 않게 발목에 묶여 있는 종이를 풀었다. 종이에 적힌 내용을 바라보던 백호가 미간을 찡그렸다.

"치잇. 당했군."

종이에는 별로 대단한 내용이 담겨 있지 않았다.

오늘 저녁 일을 마무리하기 위해 산채로 가야 하니 길을 안내해 줄 사람을 산 아래에 준비시켜 달라는 내용이 적힌 간략한 글이었다. 백호는 하늘을 올려다봤다. 해가 조금씩 모습을 감추기 시작한 시간이다. 최악의 경우 팽현은 이미 두가장을 떠나 목적지로 향하고 있을지도 모른다.

백호는 더는 망설일 시간이 없었다.

몸을 돌린 그가 화살처럼 쏘아졌다. 백호의 몸이 빠르게 온 길을 거슬러 돌아갔다.

전서구를 쫓을 때보다 더욱 빠르게 두가장으로 돌아온 백호는 단번에 하북팽가가 머물고 있는 화련각으로 숨어들었다. 주변의 경계가 삼엄했지만 이 정도로 백호의 움직임을 막을 수는 없었다.

단번에 안으로 들어선 백호가 향한 곳은 팽현의 거처였다.

그는 벽에 바짝 다가가 안의 기척을 살폈다.

허나 안에서는 아무런 소리도 들리지 않았다.

'벌써 움직인 건가?'

방 안에 아무도 없음을 확인한 백호는 입술을 깨물었다.

월하린에게 약속하지 않았던가.

이곳 장주의 여식도 구해 주고, 또 아버지인 월천후도 백호 자신이 구해 주겠다고. 백호는 어떻게든 그 약속을 지켜야만 했다.

이미 떠나 버린 팽현의 뒤를 쫓는 건 쉬운 일이 아니다. 우선 백호가 가장 먼저 해야 할 것은 월하린과 만나는 것이었다.

백호는 화련각을 지키는 하북팽가의 무인들의 눈을 피해

백하궁이 기거하고 있는 유련각으로 들어섰다. 안으로 들어선 백호가 황급히 소리쳤다.

"월하린!"

백호의 목소리에 대기하고 있던 세 사람이 황급히 바깥으로 뛰쳐나왔다. 월하린이 다급해 보이는 백호의 모습에 두 눈을 동그랗게 뜨며 물었다.

"무슨 일 있어요?"

"놈들이 움직였다. 그런데 조금 문제가 생겼어."

"문제라뇨?"

"놈이 전서구를 날리는 통에 그걸 쫓다가 정작 그 자식을 놓쳤어. 나간 지 얼마 되지는 않은 것 같은데 우선 전해야 할 말이 있어서."

월하린이 해 보라는 듯 고개를 끄덕이자 백호가 아까 전에 들었던 말을 이들에게 전했다.

"아들놈이 장주의 딸을 손보고 나면 그때를 맞춰서 하북 팽가가 쳐들어와서 구하는 척할 모양이야."

"그런 방법을 쓴다면 그곳에서 장주님의 여식을 지키고 있는 자들이 곤란에 빠질 텐데요."

"다 죽일 생각이더군."

토사구팽이다.

토끼를 잡으면, 토끼를 잡던 사냥개는 필요 없어지는 법이다. 오히려 조그마한 단서라도 알고 있는 그들을 살려두는 건 하북팽가로서는 피해야 할 일일 게다.

백호가 빠르게 말을 이었다.

"지금 내가 찾아온 건 이 사실을 알리고, 두 가지를 묻고 싶어서야."

고개를 끄덕이는 월하린을 향해 백호가 물었다.

"놈이 향하는 곳이 산채라는 것만 알고 있어. 어디 의심 가는 곳 없어?"

"그건 제가 알죠."

뒤에 있던 아운이 나서자 백호가 고갯짓을 하며 말했다.

"말해 봐, 두건."

"인근에 산채라고 불릴 만한 건 귀왕채(鬼王寨) 하나뿐입니다. 놈들은……."

"시간 없으니 다른 건 됐고 확실해? 정말 거기로 향한 것에 걸어도 될 것 같냐고."

"산채가 맞다면 확실합니다."

아운이 고개를 끄덕였다.

백호가 손가락으로 아운을 가리키며 말했다.

"당장 가서 그곳으로 향하는 약도라도 그려 와."

명을 내린 백호는 다시금 월하린에게 시선을 돌리고는 물었다.

"그…… 무공 중에 얼굴 바꾸는 거 있잖아?"

"역용술이요?"

"응, 하오문 문주라는 놈이 자주 해 대던 그거. 할 줄 알아?"

역용술은 얼굴이나 체형 등을 바꾸는 무공이다. 역용술에 능한 자는 자신의 신체를 평소의 절반도 안 되게 줄이기도 한다는데 월하린은 그런 수준은 아니었다.

"뛰어나지는 않지만 할 줄은 알아요. 그런데 갑자기 그건 왜요?"

"역용술을 배워야 할 것 같아서."

"지금요?"

"응, 당장 써야 하거든."

월하린이 당황스럽게 묻자 백호가 고개를 끄덕였다. 다른 이었다면 지금 바로 역용술을 배운다는 말이 가당키나 하겠냐고 했겠지만 눈앞에 있는 사내는 다름 아닌 백호였다.

"역용술을 전문으로 배우지는 않아서 체구까지는 저도 좀 힘들어요. 하지만 얼굴 정도를 바꾸는 방법은 가르쳐 줄게요."

말을 마친 월하린이 빠르게 혈도를 읊었다.

백호는 그녀의 말을 하나도 놓치지 않고 새겨듣다가 이

야기가 끝나자 길게 숨을 내쉬었다.

월하린이 시킨 대로 내공을 움직이기 시작하자 백호의 얼굴에 변화가 생기기 시작했다. 코는 다소 들어갔고, 양 볼은 부풀어 올랐다. 이마는 튀어나왔고 입술은 평소보다 훨씬 얇게 변했다.

서른 후반 정도의 사내의 모습으로 백호의 얼굴이 돌변해 있었다.

성공할 거라 생각하긴 했지만 월하린은 역시나 놀라지 않을 수 없었다.

'역용술에 대해 아무것도 모르던 사람이 이렇게 능숙하게 사용하다니…….'

놀란 월하린의 속내도 모르고 백호가 좌우로 얼굴을 돌리며 물었다.

"어때? 감쪽같아?"

"네, 뭔가 확 다른 사람 느낌이에요. 다만 머리카락이 조금 문제네요."

얼굴은 완전히 변했지만 새하얀 백발이 눈에 걸린다. 팽현이 백호를 모르는 자도 아니고, 이 백발을 본다면 역용을 한 의미가 없게 될 것이다.

어느새 귀왕채로 향하는 지도를 그려 가지고 온 아운이 옆에서 말했다.

"머리카락을 확 자르는 건……."

"네 목부터 잘라 줄까?"

백호가 이를 갈며 협박하자 아운이 입을 닫았다. 그리고 그런 아운을 보며 전우신이 가볍게 고개를 저으며 혀를 찼다.

월하린이 이내 방법을 생각해 내고는 손바닥을 마주쳤다.

"머리를 우선 위로 묶고, 아운 소협처럼 두건을 두르죠. 그리고 죽립을 쓰면 될 것 같아요."

그녀가 어서 고개를 숙이라는 듯이 손짓을 했고, 백호는 그런 월하린의 말대로 머리를 내렸다. 고개를 내리자 월하린이 손을 뻗어 백호의 머리카락을 가볍게 쓸어 올리며 묶었다.

머리를 묶어 준 월하린이 백호의 어깨를 툭툭 치며 말했다.

"됐어요."

고개를 든 백호가 월하린이 묶어준 자신의 머리카락을 천천히 어루만졌다. 그사이 월하린이 빠르게 두건과 죽립을 가져와 백호에게 건넸다.

"여기요."

백호는 월하린이 시킨 대로 두건으로 이마를 가리고, 죽립을 뒤집어썼다. 그러자 백호의 새하얀 머리카락이 완전히 가려졌다.

"완벽해요."

"좋아, 그럼 내가 먼저 가서 만약의 상황에 대비하도록 하지."

"부탁할게요."

월하린의 얼굴을 잠시 바라보던 백호가 이내 아운에게서 지도를 건네받고는 그 안의 내용을 살폈다.

"북쪽이라."

"백호, 저희도 장주님을 모시고 곧 따라갈게요."

백호가 월하린을 바라보며 나지막이 말했다.

"기다리고 있을게."

그 한마디를 남긴 채로 백호는 북쪽을 향해 내달렸다.

동천 북쪽에 위치한 귀왕산(鬼王山)은 예로부터 음기가 가득한 산이었다. 곳곳에 있는 무덤들과 사당, 그리고 수시로 끼어 대는 안개 때문에 한 치 앞을 분간하기 힘든 날들도 많았다.

강한 음기 덕분에 산에는 특이한 약초들이 많이 자랐고, 또한 그 약초를 캐기 위해 많은 약초꾼들이 드나들기도 했다.

허나 귀왕산에 있는 것은 약초뿐만이 아니었다.

귀왕채.

무공을 익힌 산적들의 집단인 녹림채 중 하나인 귀왕채는 몇 년 전까지만 해도 이 근방에서 크게 이름을 떨치는 자들이었다. 그러다 그들의 패악질이 도를 넘어섰고, 결국 정도 무림에서 무인을 보내 귀왕채를 해산시켜 버렸다.

한때 이백이 넘는 숫자를 자랑하던 그들이 이제는 당시의 십분지 일도 안 되는 머릿수로 명목만 유지하고 있는 것이 작금의 현실이었다.

그럼에도 불구하고 아직까지도 이곳 귀왕산을 드나드는 이들은 귀왕채를 두려워했다. 당시에 죽지 않고 도망친 핵심 인물들이 여전히 건재했기 때문이다.

귀왕산의 초입에 죽립을 쓴 중년 사내가 서성이고 있었다. 그자의 정체는 바로 역용술로 얼굴을 아예 바꾸어 버린 백호였다.

슬슬 도착할 시간이 됐다 생각했는데 아직까지도 팽현이 모습을 드러내지 않고 있다. 산채라는 말만 듣고 이곳일 거라 판단했거늘 어쩌면 처음부터 계산이 틀어진 것일지도 모르겠다.

'설마 여기가 아닌가?'

만약 그렇게 된다면 조비연을 구하려는 백호의 계획은

완전히 틀어지게 될 것이다. 어떻게 다른 방도를 찾아야
하나 고민하고 있을 때였다.

귀왕산의 초입으로 들어서는 누군가의 발걸음 소리에 백
호는 정신을 차렸다.

'누군가 오고 있다.'

백호는 슬쩍 죽립을 위로 올리며 멀리에서 다가오는 자
를 바라봤다. 하지만 다가오고 있는 자는 팽현과는 전혀
다른 자였다. 나이도 조금 더 많아 보였고 행색 또한 무척
이나 점잖아 보였다.

그런데…….

'덩치가 비슷한데?'

그냥 귀왕산을 찾은 자인가 하며 시선을 돌리려던 백호
는 그자가 자신이 찾고 있던 팽현과 덩치가 비슷하다는 걸
깨달았다. 하북팽가의 무인답게 커다랗고 잘 다듬어진 덩
치를 자랑하는 팽현이 아니던가.

그런 덩치는 찾으려고 해도 쉽사리 찾기 어려울 정도였
다.

백호는 문득 월하린에게서 들었던 말이 떠올랐다.

역용술을 전문적으로 배우지 않으면 체구를 바꾸기 힘들
다는 바로 그 말을.

그제야 백호는 슬며시 다가오는 그 사내에게서 풍기는

향기를 맡았다. 어디선가 익숙한 냄새가 코끝을 자극했다.

백호의 두 눈이 빛났다.

'놈이다.'

겉모습은 달라졌지만 풍기는 향기까지 바뀌지 않는다. 백호는 슬며시 올라가는 입을 죽립으로 가리며 고개를 숙였다.

우습게도 역용술을 펼친 것은 백호 자신뿐만이 아니었다. 상대인 팽현 또한 자신의 정체를 숨기기 위해 역용술을 펼치고 이곳 귀왕채의 녹림도들과 접촉했었던 모양이다.

백호에게 다가온 팽현이 발을 멈추어 섰다.

"산채에서 나왔소?"

"그쪽이 날 부른 사람이냐…… 오?"

아무렇지 않게 반말을 내뱉던 백호가 슬쩍 말끝을 바꿨다. 그런 백호의 말투에 잠시 고개를 갸웃했던 팽현이지만 이내 아무렇지 않게 말을 이었다.

"그렇소. 어쨌든 이리 나와 줘서 고맙소이다."

팽현은 맘에도 없는 말을 대충 내뱉었고, 백호 또한 길게 이야기를 할 생각이 없었기에 고개를 끄덕이고는 앞장서서 걷기 시작했다.

한 번도 와 본 적 없는 곳이었지만 어느 정도 지형이 머리에 그려진다. 더군다나 백호는 맹수답게 산길에 능숙했다.

이곳에 사는 녹림도로 위장을 한 만큼 백호는 최대한 자연스럽게 걸었다.

설령 길이 틀리다 할지라도 이토록 망설임 없이 나아가는 백호를 보며 웬만해서는 의심을 할 수 없을 것이다.

*   *   *

커다란 산채는 고기 굽는 냄새로 가득했다. 수염이 덥수룩하고 험상궂은 사내들이 한가득 모여 술과 고기를 마시며 왁자지껄 떠들어 대는 이곳은 귀왕채라 이름 붙여진 산채였다.

그리고 그 산채에 있는 조그마한 다락에는 짚더미 위에 내팽개쳐 있다시피 한 여인 하나가 있었다. 숨구멍만 낸 커다란 보자기에 얼굴이 뒤덮여 있는 그 여인은 그토록 많은 이들이 찾고 있는 조비연이었다.

그녀는 짚더미에 웅크린 채로 덜덜 떨고 있었다.

대체 며칠의 시간이 흐른 걸까? 얼굴에 덮여 있는 보자기 때문에 해가 몇 번이 졌는지를 가늠하는 것조차 쉽지 않았다.

너무 흘려서 더는 흐르지 않을 것만 같은 눈물이 연신 볼을 타고 흘러내린다.

며칠을 제대로 먹지도 마시지도 못했거늘, 고기 굽는 냄새에도 전혀 식욕이 동하지 않는다. 그녀는 지금 이 한 치 앞도 알 수 없는 상황에 커다란 공포를 느끼고 있었다.

조비연이 그렇게 눈물을 흘리며 이 지옥에서 벗어나고 싶다고 간절히 빌 때였다.

덜컹.

누군가가 다락의 문을 열어젖혔다.

문이 열리는 소리에 눈물을 흘리며 울고 있던 조비연이 황급히 몸을 움츠렸다. 지금 같은 상황에 괜히 우는 모습을 보이며 이들을 자극하고 싶지 않았기 때문이다.

다락에 들어선 것은 두 명의 사내였다.

그들은 다락 구석에 있는 술통을 가지러 온 모양이었다. 사내 하나가 구석에서 바들바들 떨고 있는 조비연을 힐끔 쳐다보며 군침을 삼켰다.

"젠장, 술이 들어가니 계집이 당기는군."

"아서라. 손 하나 대지 말라는 말 못 들었냐? 괜히 찝쩍 거리다가 걸리면 채주님한테 뼈도 못 추려. 알잖아, 이번 일에 얼마나 큰돈이 걸렸는지."

"흐흐, 그건 그렇지. 그나저나 대체 어떤 계집이기에 얼굴도 못 보게 하는 거야?"

"거야 모르지. 하지만 의뢰인이 절대 얼굴도 확인해서는
안 된다니 뭐 어쩌겠어. 돈 주는 놈이 시키는 대로 따라야
지."

팽현은 조비연을 납치하자마자 이곳 귀왕채에 맡겼다.
그러면서 그는 혹시 모를 위험에 방비하고자 그녀의 정체
조차 알려주지 않았다.

혹여나 조비연의 정체를 알게 된다면 제아무리 귀왕채라
해도 부담감을 느낄 것이 당연했다.

조룡이라면 인근에서 가장 큰 재력을 지닌 자다.

그런 자의 여식을 건드렸다는 사실이 발각되면 귀왕채가
무사할 리가 없다. 그랬기에 팽현은 조비연의 얼굴을 볼
수 없도록 숨만 쉴 수 있는 조그마한 구멍만 남겨 둔 채로
보자기를 씌워 버렸던 것이다.

아혈까지 점혈당한 탓에 아무런 말도 못하는 조비연의
정체를 이들은 그저 여인이라고만 알고 있을 뿐이었다.

잠시 조비연을 바라보던 사내가 이내 아쉽다는 듯 술통
을 짊어지고는 바깥으로 걸어 나갔다. 두 사내의 대화에
온몸의 털이 곤두선 채로 공포에 떨던 조비연은 그제야 긴
숨을 토해 냈다.

그리고 동시에 멈췄던 눈물이 다시금 쏟아져 나왔다.

'아빠…… 살려 줘요.'

귀왕채를 찾는 것은 생각보다 쉬웠다.

아운이 그려준 지도와 백호의 눈썰미로 곧바로 귀왕채 근처까지 올 수 있었고, 그 이후부터는 고기와 술 냄새가 코를 찔러 대니 알아차리지 못할 리가 없었다.

커다란 나무를 성벽처럼 잔뜩 세워 외부의 공격에 대비한 귀왕채의 모습이 들어오자 백호가 슬쩍 뒤로 빠지며 말했다.

"저기가 귀왕채요."

"덕분에 헤매지 않고 온 듯하오."

"난 잠시 저 아래에서 챙겨야 할 게 있어서 다녀와야 하니 먼저 들어가시오."

"뭐 그럽시다."

백호는 몸을 돌려 산 아래로 천천히 걸어 내려갔다. 아래로 걷고 있었지만 모든 신경은 뒤편에 있는 팽현에게 향했다.

귀왕채의 인원인 척하며 팽현을 이곳까지 안내했지만, 실제로 저 안까지 들어갈 수는 없지 않은가. 아마 팽현과 함께 귀왕채에 들어가는 순간 백호가 저곳의 사람이 아니라는 게 발각될 것이다.

잠시 팽현과 떨어졌던 백호는 그와의 거리가 멀어지자 곧바로 방향을 돌렸다.

마음 같아서는 이곳에 오자마자 확 뒤집어엎어 버리고 싶었지만 그래서는 안 됐다. 조비연이 어디에 있는지 확실하게 알지 못하는 지금 괜히 섣부르게 정체를 드러냈다가는 그녀가 위험해질지도 모른다.

'귀찮게.'

월하린과의 약속을 지키기 위해 백호는 귀찮은 것도 꾹 참았다. 번거롭더라도 지금은 조비연을 구하는 것이 최우선이다.

커다란 나무 기둥들로 가려져 있었지만 백호는 건너에 있는 이들의 위치를 단번에 파악했다.

'저쪽이 제일 안전하겠군.'

인적이 느껴지지 않은 방향을 잡은 백호가 그곳으로 빠르게 움직였다. 팽현은 아마도 이곳의 채주를 먼저 만날 것이다. 그리고 그와 이야기를 하다 보면 귀왕채에서 사람을 보낸 게 아니라는 걸 알아차릴 테고.

백호의 임무는 그 전에 조비연이 있는 곳을 찾아내고 그녀를 구하는 것이었다.

인적이 없는 곳에 도착한 백호는 가볍게 나무를 차고 허공으로 솟구쳤다. 어두운 밤, 눈으로 좇기조차 힘든 백호의 민첩한 움직임은 그 누구에게도 들키지 않고 귀왕채에 잠입하는 것을 가능하게 했다.

외부의 침입을 막기 위해 만든 나무 기둥을 간단하게 넘은 백호는 몸을 낮췄다. 근방에 인기척은 느껴지지 않았지만 이곳은 그리 넓지 않다.

한 명에게 들키면 그 즉시 이곳에 있는 이들 대다수가 알게 될 게다.

백호는 건물에 몸을 감춘 채로 불을 피우고 고기를 먹어대는 산적들을 바라봤다. 그들은 뭐가 그리도 신이 나는지 커다랗게 웃으며 술을 즐겼다.

고기 냄새가 코를 자극하자 백호는 가볍게 킁킁거렸다.

식사도 제대로 못 했는데 고기 냄새에 갑자기 허기가 진 느낌이다.

'아, 배고파. 이번 일 끝내고 내려가면 월하린한테 고기나 실컷 먹자 해야겠다.'

이런 위급한 와중에도 고기를 먹을 생각을 할 정도로 백호는 여유가 있었다. 그는 주변을 천천히 두리번거렸다.

백호가 숨을 크게 들이쉬자 수많은 냄새들이 백호의 코로 스며들어 왔다.

술, 고기, 땀과 쇠 냄새.

고약한 냄새들이 백호의 코를 괴롭히는 와중에 이곳과는

뭔가 이질적인 향이 느껴졌다. 아주 미미하긴 했지만 백호의 후각을 피해 갈 수 없었다.

화장할 때 쓰이는 향료 냄새였다.

백호가 히죽 웃었다.

'찾았다.'

백호의 몸이 사람이 많은 곳의 반대편으로 움직였다. 그 향료 냄새가 나는 건물은 무척이나 조그맸다. 산적들이 술을 마시는 곳과 그리 떨어지지 않은 장소였고, 정면으로 난 문으로 들어가기 위해서는 그들 사이를 지나쳐 가야만 가능했다.

백호가 향한 곳은 바로 그 건물의 뒤편이었다.

빠르게 목적지에 도착한 백호가 몸을 벽에 기댔다. 그러고는 이내 손에 내공을 싣고 나무로 된 벽 끝에 손가락을 가져다 댔다.

스윽.

백호의 손이 스치는 순간 나무는 흡사 두부처럼 잘라져 나갔다. 백호는 그대로 자기가 드나들 정도의 구멍을 내고는 허리를 굽혀 안으로 들어섰다.

조그마한 건물 안으로 들어선 백호의 눈에 곧바로 바닥에 널브러져 있는 조비연의 모습이 들어왔다. 얼굴에 보자기를 쓴 채로 앞을 보지 못하는 그녀는 백호가 나타났다는 사실조차 알지 못했다.

백호가 그녀에게 다가가 손을 뻗었다.

"읍읍!"

아무런 기척도 느끼지 못하고 있던 조비연은 누군가의 손길이 자신의 얼굴에 닿자 놀라 소리를 냈다. 방금 전 들어와서 여색을 탐하던 두 사내의 대화가 머리를 스치고 지나가며 다급히 발로 상대를 밀어내려 했다.

조비연이 발버둥 치자 백호가 짜증스럽게 말했다.

"가만히 안 있냐?"

말과 함께 백호는 그녀의 얼굴을 덮고 있는 보자기를 획 하니 벗겨 버렸다. 겁을 집어먹고 있던 조비연이 어떻게든 손에서 빠져나가기 위해 난동을 부리려 했다.

조용히 침입하기 위해 애를 썼던 백호가 재차 작지만 짜증스러운 목소리로 입을 열었다.

"나니까 가만히 있어 좀. 시끄럽게 굴어서 다른 놈들 다 불러올 거냐?"

"……."

뭔가 이상함을 눈치챘는지 조비연의 움직임이 작아졌다. 그리고 그제야 백호는 천천히 역용술을 펼쳤던 얼굴을 원래대로 돌렸다.

백호의 얼굴이 본래의 모습으로 변하자 조비연의 눈동자

가 확 하고 커졌다. 그녀의 눈에서 갑자기 왈칵 눈물이 터져 나왔다.

백호는 그런 그녀의 얼굴을 보는 둥 마는 둥 하면서 우선은 팔을 묶고 있는 줄을 풀었다. 줄을 풀기가 무섭게 조비연이 백호에게 안기려 들었다. 하지만 그런 그녀를 백호는 귀찮다는 듯 밀어내며 곧 발을 묶고 있는 줄에 손을 가져다 댔다.

백호의 손이 막 그녀의 발목에 닿을 때였다.

고개를 숙이고 있던 백호가 확 하고 상체를 옆으로 틀었다.

피잉!

날카로운 소리와 함께 작은 비도 하나가 백호의 죽립을 꿴 채로 벽에 틀어박혔다.

백호가 반쯤 몸을 굽힌 채로 천천히 고개를 돌렸다.

뒤편에는 정체 모를 사내와 방금 전까지 이곳에 함께 왔던 팽현이 자리하고 있었다.

비도를 던졌던 팽현이 곧바로 입을 열었다.

"너 정체가…… 백호?"

말을 내뱉던 팽현은 비도로 인해 죽립이 벗겨진 백호를 보고는 곧바로 정체를 알아차렸다.

팽현의 안색이 돌변했다. 그가 놀란 어조로 중얼거렸다.

"네가 아까 그놈이었더냐? 대체 어떻게 알고……."

팽현의 중얼거림과 함께 그의 뒤편으로 귀왕채의 산적들이 우르르 몰려들었다. 순식간에 이 조그마한 건물은 완전히 포위가 되어 버렸다.

그들이 터트리는 살기에 주변의 공기가 차갑게 얼어붙었다.

"으, 으읍."

조비연이 뭐라고 말을 해 댔지만, 아혈이 제압당한 통에 그 뜻을 알 수가 없었다. 백호는 그런 조비연을 바라보며 짜증스럽게 말했다.

"하, 네가 난리만 안 피웠으면 완벽했었는데."

조비연에게 불만을 토해 내는 백호를 멍하니 바라보던 팽현은 이내 정신을 차렸다. 이자가 대체 어떻게 알고 자신을 속여 이곳까지 오게 된 것인지 모르겠지만 지금 상황은 전혀 예기치 못한 것이었다.

대체 백호는 이번 일에 대해 어디까지 아는 것일까?

'반드시…… 반드시 죽여야만 한다!'

원래부터 죽이고 싶었던 자다. 그런데 절대 알아서는 안 될 비밀까지 알아 버렸다. 죽여야 할 이유가 하나 더 생겨 버린 것이다.

이 일이 밝혀지면 하북팽가는 존속 자체가 위험해질지도

모른다. 어떻게든 죽여서 입을 막아야만 했다.

팽현이 입술을 깨물었다.

"알아선 안 될 것을 알았으니 죽어 줘야겠다."

팽현의 살기 어린 목소리에 조비연은 새파랗게 질렸지만 백호는 아니었다. 그는 오히려 가소롭다는 듯이 피식 웃으며 손가락으로 자신을 가리켰다.

"날 죽인다고?"

백호가 품 안에 있던 당과 주머니를 꺼내어 들었다. 그러고는 태평하게 당과 하나를 입에 물며 말을 이었다.

"내기 하나 할래? 내 입 안에 있는 당과를 다 먹는 게 먼저일지, 아니면…… 너희가 모두 죽는 게 먼저일지."

히죽 웃으며 내뱉는 백호의 도발에 팽현의 얼굴이 분노로 붉게 물들었다.

제2장. 귀왕채
─ 내 이름은……

　처음 만났을 때부터 계속해서 도발을 해 대는 백호가 마음에 들지 않았던 팽현이다. 이왕 이렇게 된 것 여기서 백호를 죽여야만 했다.

　'놈의 실력이 다소 걸리긴 하지만⋯⋯.'

　상대는 지켜야 할 자도 있고, 이곳에 있는 자들 또한 최소한 잠깐의 시간은 벌어 줄 수 있을 것이다. 이들이 틈만 만들어 낼 수 있다면 그 짧은 순간에 백호의 목숨을 취하는 것이 아예 불가능한 일은 아닐 거라 생각했다.

　십구천존의 하나인 천지멸사를 이긴 건 분명 요행일 게다. 그렇지 않고서야 어찌 저런 풋내 나는 놈이 정파의 절대 고수 중 하나를 꺾을 수 있단 말인가.

팽현이 자신의 옆에 나란히 선 사내를 슬쩍 바라봤다.

이자의 정체는 바로 이곳 귀왕채의 채주 역발천주(力拔天柱) 구세기(具勢基)라는 자다. 삐쩍 마른 몸에, 쭉 찢어진 눈. 커다란 덩치를 지니지 않았지만 겉보기와는 달리 구세기는 뛰어난 힘을 지닌 무인이다.

장법과, 퇴법, 그리고 도끼를 사용하는 부술(斧術)에 능한 자.

구세기가 물었다.

"저놈은 누구요?"

"아무래도 날 따라온 쥐새끼인 듯싶소."

"이건 거래에 없었던 것 같은데."

"약조한 금액의 세 곱절을 드리리다."

불쾌한 듯 말하는 구세기를 향해 팽현이 곧바로 말을 받았다. 팽현의 말에 기분 나빠하던 구세기의 표정이 돌변했다. 그가 흡족하다는 듯이 고개를 끄덕이며 양옆에 차고 있는 도끼 두 자루를 꺼내어 들었다.

"세 곱절이라면 남는 장사겠군."

좋아하는 구세기를 보며 팽현은 속으로 비웃었다.

'그게 남는 장사라고?'

알려진 실력이 어느 정도 과장된 것이라 해도 이곳에 있는 녹림채의 절반 이상이 죽을 게다. 과연 그 이후에도 그 말이 나올까 싶었지만 팽현에게 그건 중요한 일이 아니었다.

'서둘러 저놈을 죽이고, 조비연을 병신으로 만들어야 한다. 최악의 경우 놈을 내 실력으로 죽이지 못한다고 해도……'

정 자신의 힘으로도 안 된다면 마지막 수로 생각해 둔 게 있다. 그건 바로 다름 아닌 곧 이곳에 들이닥칠 하북팽가의 무인들이었다.

하북팽가의 정예들과, 가주인 팽조윤.

우선은 이들 귀왕채로 하여금 시간을 끌어 보다가 그도 여의치 않는다면 녹림도들을 토벌하고 그들에게 죄를 뒤집어씌우기 위해 오고 있는 그들의 힘을 빌리면 그만이다.

구세기가 두 자루의 도끼를 가볍게 허공으로 던졌다 받았다를 반복하며 백호의 얼굴을 살폈다.

백호 또한 어느새 검을 뽑아 든 채로 그런 구세기와 마주하고 있었다.

'생각보다는 제법인데.'

녹림도라는 걸 모르는 백호로서는 그들이 그저 산적 놈들일 거라 생각했다. 하지만 다른 놈들은 몰라도 이 구세기만큼은 백호의 관심을 끌 정도의 실력을 지닌 듯했다.

실제로 그는 예전 녹림에서도 알아주는 고수 중 하나였다.

부웅. 부웅.

허공을 가르는 도끼가 연신 음산한 소리를 토해 냈다.

구세기는 도끼로 눈을 현혹시키며 수하들에게 빠르게 전음을 날렸다.

『건물을 무너트려.』

『지금 말입니까? 잘못하면 채주님도……』

『우린 문이랑 가깝잖아 멍청아! 자꾸 물어보지 말고 시키는 대로 해.』

벽이 나무로 된 건물이다 보니 옆에서 어느 정도의 충격만 가해도 쉽사리 무너질 게다. 인질도 있는 상황이니 상대의 움직임은 둔할 수밖에 없다. 상대방이 무너진 더미에서 빠져나오려는 바로 그 찰나!

'놈을 죽인다!'

명령을 내리기가 무섭게 수하들이 움직였고, 구세기는 벌어진 틈 사이로 그들의 움직임을 확인했다. 수하 중 하나가 준비가 끝났다는 듯이 고개를 끄덕였다.

"타압!"

짧은 고함성과 함께 구세기가 갑자기 발을 내질렀다. 그 순간 옷 안에 감춰 뒀던 암기 두 자루가 백호를 향해 날아들었다.

예상치도 못한 일격이었지만 백호는 가볍게 고개를 틀며 날아드는 암기를 피해 냈다. 그리고 바로 그때였다. 백호가 고개를 트는 그 짧은 찰나에 구세기는 그대로 팽현의 옷자락을 잡고 뒤쪽으로 껑충 뛰었다.

"지금이다!"

그의 명이 떨어지자 대기하고 있던 수하들이 움직였다. 그들의 무기가 건물의 옆면에 틀어박혔다.

쿠르릉.

나무로 된 건물들이 순식간에 무너져 내렸다.

암기를 피해냈던 백호는 주변에서 울려 퍼지는 소리에 귀를 기울였다.

'이거였나?'

왠지 수상쩍은 움직임과 눈짓들을 보낸다 했다.

그리고 생각한 것이 이것이라니…… 순식간에 무너져 내리는 지붕이 백호를 덮쳐 왔다. 그리고 그런 상황에 놀란 조비연은 몸을 움츠렸다.

"어쩔 수 없군."

중얼거림과 함께 백호가 조비연을 들어 올렸다.

그녀를 드는 것과 동시에 지붕과 벽들이 백호를 덮쳐 왔다. 백호의 눈이 자신의 머리 바로 위까지 다가온 커다란 기둥에 틀어박혔다.

콰앙!

커다란 소리가 대지를 진동시키자 곧바로 구세기가 먼지가 이는 곳을 노려보며 소리쳤다.

"놈의 목을 따는 놈에게 상금을 주지! 먼저 죽이는 놈이……."

신명 나게 구세기가 소리쳤고, 그 말을 듣기가 무섭게 환호성과 함께 귀왕채의 무인들이 달려들고 있었다. 허나 달려들던 그들이 갑자기 멈칫하고는 발을 멈추고야 말았다.

소리를 지르던 구세기는 그런 수하들의 반응에 두 눈을 부라렸다.

"뭣들 하는 거야?"

구세기의 외침에도 수하들은 앞으로 나아가지 않았다. 아니, 오히려 한두 명씩 서서히 뒷걸음질 치기 시작했다. 그런 수하들의 모습에서 이상함을 느낀 구세기가 먼지가 이는 그곳을 바라봤다.

그리고…….

"저, 저건……?"

구세기는 자신의 두 눈을 비벼야만 했다.

무너진 돌덩이들과 나무들이 허공에 떠 있다. 그것들은 흡사 무엇인가 보이지 않는 벽에 막힌 것 같은 모습이었다. 그리고 그 안에는 조비연을 한 손으로 들어 올린 백호가 있었다.

백호는 주변에 떠 있는 물체들을 바라보며 히죽 웃었다.

"별로 안 어렵네."

백호가 지금 해낸 것은 다름 아닌 허공섭물(虛空攝物)이었다.

물건을 손도 대지 않고 내력만으로 움직이는 것.

그것이 바로 허공섭물이다.

백호는 그 허공섭물을 응용하여 날아오는 물건들의 움직임을 전부 막아 버린 것이다. 이것은 말도 안 될 정도로 막대한 백호의 내공이 있었기에 가능한 일이기도 했다.

이토록 많은 것들을 단번에 허공에 묶어 둘 정도의 내력.

이 모습을 보고 무인인 귀왕채의 산적들이 뒷걸음질 치는 것은 당연했다. 그리고 그 모습을 본 구세기 또한 마찬가지였다. 이런 말도 안 되는 상황은 본 적도, 들은 적도 없다.

그가 떨리는 목소리로 옆에 서 있는 팽현에게 물었다.

"이, 이보시오. 저자는 누구요?"

더듬거리는 구세기를 보며 팽현도 묻고 싶었다.

'젠장, 천지멸사를 정말 실력으로 이겼던 건가?'

상황이 이리되자 팽현은 더욱 확고히 생각을 정리했다. 자신만으로 이길 상대가 아니다. 가능하면 최대한 아는 이들이 적은 선에서 끝내려 했지만 하북팽가의 힘을 빌려야만 하는 상황이 온 것이다.

팽현의 시선이 놀란 채 서 있는 귀왕채의 산적들에게로 향했다.

어림짐작하여 그 숫자가 열대여섯은 되어 보였다.

이들을 제물로 삼아야 했다. 그렇지 않고서야 원하는 만큼 시간을 버는 건 불가능하다.

생각을 정리한 팽현이 황급히 말했다.

"현란한 눈속임에 속지 마시오! 저것 또한 그저 사술일 뿐이오! 조금 있으면 나를 따르는 이들이 올 것이니 그때까지만 버티면 되오!"

"……."

"뭐하는 거요! 머뭇거리다가 정말로 위험한 상황에 빠지시려는 게요?"

팽현이 망설이고 있는 구세기를 향해 소리쳤다. 구세기는 손바닥으로 자신의 얼굴을 거칠게 쓸었다. 뭐가 옳은 선택일지 모르겠지만 이렇게까지 진행된 이상 그가 내릴 수 있는 선택은 하나뿐이다.

"젠장! 무조건 죽여!"

구세기의 명령에 수하들이 천천히 걸음을 내디딜 때였다.

그보다 빠르게 백호의 기운이 폭발했다.

백호의 몸 주변에 멈추어 있던 돌과 나무들이 사방팔방에 마구잡이로 날아갔다.

"으앗!"

가까이 있던 수하 하나가 얼굴로 날아드는 돌을 가까스로 피하며 비명을 토해 냈다.

퍼퍼퍽!

나무와 돌들이 주변에 잔뜩 틀어박혔고, 녹림도들 중 일부는 그것에 가격당한 채로 나뒹굴어야만 했다. 백호는 조비연을 한 손으로 들쳐 안은 채로 여유 있게 손을 까닥거렸다.

"뭣들 하냐. 안 들어오고."

자신만만해 보이는 백호의 그 모습을 조비연은 놀란 눈으로 바라보고 있었다. 너무나 가까이 닿아 있는 백호의 얼굴에서 조비연은 눈을 뗄 수가 없었다.

아직 혈도가 제압당한 탓에 입을 열지 못해 망정이지, 만약 그렇지 않았다면 자신도 모르게 생각을 입으로 내뱉었을지도 모르겠다.

"등신 같은 새끼들이!"

백호의 말에 수하들이 뒷걸음지차 구세기가 버럭 소리쳤
다. 구세기의 외침에도 겁을 집어먹은 그들은 쉽사리 움직
이지 못했다. 그 모습을 본 구세기가 어쩔 수 없다 생각했
는지 자신이 먼저 나섰다.

두 자루의 도끼를 든 채로 그가 백호를 향해 달려들었
다.

휘이잉!

두 자루의 도끼가 동시에 허공을 갈랐다.

하지만 그게 끝이 아니었다. 위로 향했던 도끼가 순식간
에 방향을 바꾸며 떨어져 내렸다.

콰앙!

땅에 쓰러져 있던 나무들이 산산조각이 나며 튕겨져 나
갔다. 그리고 그 부서져 날아오르는 나무들 사이로 백호와
구세기의 시선이 얽혔다.

'이놈……'

눈을 마주하는 순간 구세기는 자신의 몸이 굳어 버린 것
을 느꼈다.

파악!

나무들 사이로 뻗어져 나온 손을 느끼며 구세기가 황급
히 몸을 틀었다. 하지만 백호의 검은 왼쪽 팔을 스치고 지
나갔다. 조금만 늦었다면 왼팔이 송두리째 날아가도 이상

할 것 없는 상황.

구세기가 황급히 발로 땅에 있는 나무를 걷어찼다.

타악.

가벼운 행동이었지만 그것은 백호의 움직임을 아주 잠시나마 멈추게 할 수 있었다. 얼굴로 날아드는 나뭇조각을 백호는 그대로 손등으로 쳐냈다.

동시에 백호의 몸이 회전했다.

휘리릭! 퍽!

"컥!"

발에 안면이 적중당한 구세기는 가볍게 허공에서 몇 바퀴 돌며 바닥으로 쓰러졌다. 그는 황급히 뒤로 몸을 돌려 세우며 손에 든 도끼를 휘저었다.

도끼에서 음산한 기운이 피어올랐다.

녹림채 중 하나의 수장이었던 자, 그는 검기와도 같은 기운을 다루는 게 가능한 고수였다.

촤르륵!

땅이 갈라지며 주변으로 나무와 돌들이 터져 나갔다. 그리고 그 기운이 백호의 다리를 노렸다.

날아드는 기운을 확인한 백호는 가볍게 뛰어올라 그 공격을 피해 냈다.

탁.

백호는 박혀 있는 돌덩이들 중 유독 큰 것 위에 올라선 채로 이들을 내려다보았다. 너무나 가까운 거리, 그리고 주변을 에워싸고 있는 것 또한 귀왕채였거늘 오히려 그들이 독 안에 든 쥐 꼴이 되어 버린 느낌이 드는 것은 왜일까.

　높은 곳에서 귀왕채의 녹림도들과, 팽현을 내려다보는 백호의 표정에는 강한 자만이 가질 수 있는 절대자의 기운이 서려 있었다.

　구세기는 다급했다.

　"머, 멍청이들아! 다 같이 덤벼야지! 그리고 당신, 당신은 거기서 뭐 하는 거야!"

　구세기의 시선이 향한 곳에는 팽현이 있었다.

　그의 다그침에 팽현은 서둘러 정신을 추슬렀다. 그러고는 자신도 함께하겠다는 듯이 고개를 끄덕였다. 기회만 엿보고 있다가는 하북팽가가 도착할 때까지 시간을 버는 것조차 불가능해 보였다.

　팽현이 도를 뽑아 들었다.

　자리에서 일어난 구세기와 팽현이 나란히 섰다.

　둘이 고개를 끄덕이고는 동시에 몸을 날렸다.

　그리고 그런 그들의 뒤를 쫓아 귀왕채의 녹림도들 또한 움직였다.

휘익!

바람을 가르는 소리와 함께 팽현의 도가 먼저 날아들었다. 커다란 체구에 어울리는 거도에서 울려 퍼지는 소리는 털이 곤두서게 할 정도였다.

백호는 그 공격을 검으로 받아 냈다.

하북팽가의 무인답게 커다란 덩치를 자랑하는 팽현에게 백호는 힘으로 상대가 되지 않을 것 같았다. 하지만 그건 착각이었다. 오히려 달려들었던 팽현의 도가 백호로 인해 뒤로 밀려 나갔다.

"으윽!"

번쩍!

뒤편에서 몸을 감추고 있던 구세기가 날아올랐다. 두 자루의 도끼가 맹렬하게 회전하며 백호의 미간을 노리고 떨어져 내렸다.

백호가 슬쩍 몸을 옆으로 비켜섰고 도끼가 땅에 틀어박혔다.

쩌억!

인근의 땅이 단번에 갈라질 정도로 무시무시한 힘.

백호가 구세기의 공격이 이어지기 전에 팽현에게 먼저 발을 뻗었다. 백호의 발이 날아오자 팽현은 황급히 팔을 내려 공격을 받아 냈다.

하지만 충격은 그의 생각을 훨씬 상회했다.

발길질에 한 번 맞았을 뿐이거늘 팽현은 손이 마비되는 듯한 착각을 받았다.

'뭐 이런 괴물 같은 힘이 다 있어?'

중원에서 신력(神力)으로 둘째가라면 서러운 하북팽가에서도 이 같은 힘을 느껴 본 적이 없다. 마치 돌덩이로 두들겨 맞은 것처럼 양손이 부르르 떨려 왔다.

팽현은 알지 못했다.

지금 백호는 그를 죽지 않게 하기 위해 힘 조절을 하고 있다는 사실을 말이다. 만약 그걸 알았다면 팽현의 안색은 지금보다 몇 곱절은 더 창백했으리라.

백호의 검이 뒤편에서 달려드는 다른 이들에게로 향했다.

조비연을 들어 안은 채 백호의 몸이 번개처럼 무리들 사이를 파고들었다.

번쩍.

검이 한 번 춤을 추자 여러 명의 무인들이 나자빠졌다. 백호의 검무는 거기서 멈추지 않았다. 움직이는 그의 검 끝에 서서히 달빛을 머금은 기운이 서리기 시작했다.

월하린에게서 배운 월광검법이 펼쳐졌다.

휘이익!

검이 움직이는 길을 따라 잔영이 남았고, 나아가는 방향에 있는 이들은 단번에 피를 뿜으며 쓰러져 나갔다. 그 움직임은 너무나 아름답고, 또 파괴적이었다.

"이 새끼가!"

수하들이 죽어 나자빠지는 모습에 구세기가 두 자루의 도끼를 강하게 꼬나 쥐고 달려들었다.

퍽퍽!

연달아 내려치는 도끼를 백호가 검으로 막아 냈다.

조비연은 백호의 품에 안긴 채로 고개를 파묻었다. 그녀의 눈에는 백호에게로 쇄도하는 공격들이 보이지도 않았다. 그저 귓가에 울리는 쇳소리만으로도 조비연은 정신을 잃을 것 같이 무서웠다.

구세기의 도끼가 빠르게 양쪽에서 날아들었다.

그리고 그 순간 백호의 몸이 아래로 꺼지듯이 사라졌다.

부웅!

도끼가 허공을 가르는 순간이었다.

"어디……."

백호를 찾기 위해 구세기가 주변을 둘러보려고 할 때였다. 들고 있던 도끼의 아랫부분을 누군가가 회전시켰다. 도끼는 그대로 구세기의 손목으로 치고 들어왔다.

서컹.

소름 돋는 소리와 함께 팔목이 잘려져 나갔다.

그리고 도끼와 함께 구세기의 왼쪽 팔목이 땅으로 툭 하고 떨어졌다. 팔목이 잘려져 나가며 피가 분수처럼 솟았다.

"크악!"

눈 깜짝할 사이에 옆으로 움직인 백호가 그대로 구세기의 팔목을 잘라 버린 것이다. 백호는 팔을 움켜쥐고 비명을 지르는 구세기의 목을 가볍게 후려쳤다.

팔목이 떨어져 있는 곳으로 그의 몸 또한 쓰러졌다.

백호가 쓰러진 구세기를 바라보며 중얼거렸다.

"넌 혹시 모르니 살려 두고."

이번 일에 대해 증인이 되어 줄 자가 있어야 할지도 모른다는 생각에 백호는 그를 죽이지 않은 것이다. 그리고 이제 남은 것은……

백호의 시선에 팽현과 남은 귀왕채의 녹림도들의 모습이 들어왔다. 구세기를 단번에 제압하는 모습에 그들의 표정이 아까보다 더욱 굳어졌다.

그런 그들을 향해 다가가던 백호가 갑자기 혀를 쓱 내밀었다.

갑작스러운 백호의 행동에 모두 당황하며 뒷걸음질 쳤지만 아무런 일도 일어나지 않았다. 백호는 자신의 입 안에 남은 당과를 보여 주려고 한 것뿐이었으니까.

반쯤 남은 당과를 다시금 머금으며 백호가 팽현을 향해 물었다.

"어때, 이 내기 내가 이길 것 같지?"

"……"

당과를 먹기 전까지 모두 죽이겠다던 백호의 그 말이 이제는 단순히 도발로만 들리지 않았다.

                    *   *   *

많은 수의 인원이 귀왕산을 오르고 있었다.

그들의 선두에 선 인원 중 하나인 하북팽가의 가주 팽조윤의 얼굴이 다소 불편해 보였다. 그 이유는 다름 아닌 자신들과 함께 동행한 자들 때문이다.

'대체 이놈들은 왜 따라오겠다고 나선 거야.'

얼추 사십 명에 가까운 하북팽가 측 무인들을 동원했다. 팽조윤은 이들을 데리고 귀왕채로 가 그곳에 남은 녹림도들을 정리하고, 팽현이 바보로 만들어 둔 조비연을 구해 오는 것을 목표로 움직이려 했다.

그런데 두가장을 떠나려고 하기가 무섭게 생각지도 못한 자들이 따라붙었다.

백하궁, 그리고 조릉과 그의 수하들이었다.

혹시 모를 귀찮은 일을 대비해 어떻게든 이들을 떼어 놓고 움직이려 했거늘 백하궁과 조릉 양쪽 모두 무슨 바람이 불었는지 그 어떠한 만류에도 흔들리지 않았다.

너무 시간을 잡아먹을 수 없는 상황이었던지라 팽조윤은 그들의 설득을 포기하고 어쩔 수 없이 함께 움직여야만 했다.

어차피 조비연은 먼저 간 팽현이 이미 손을 써 뒀을 게다. 그랬기에 이들이 따라온다고 해서 문제 될 거리는 없을 거라 판단한 것이다.

오히려 이들 눈으로 직접 그 상황을 본다면 추후에 다른 말이 나오지 않게 할 수도 있는 노릇. 다소 불편했지만 이왕 일이 이렇게 되었으니 지금 상황을 철저히 이용하기로 팽조윤은 마음먹은 상태였다.

팽조윤은 먼저 떠났던 팽현이 남겨둔 흔적을 따라 귀왕산을 올랐다. 귀왕산에 들어선 지 어느 정도 시간이 흘렀을 때다.

조릉이 물었다.

"정말 이곳에 내 딸이 있는 게요?"

"확실한 정보요. 이곳에 있는 귀왕채 놈들이 장주의 딸을 잡아갔다는구려."

"……."

팽조윤의 말에 조릉은 말없이 쫓아 걸으며 두 눈을 빛냈다. 지금 상황이 어떻게 돌아가고 있는지 너무나 잘 아는 조릉이다.

팽현이 먼저 자신의 딸에게 해코지를 하기 위해 떠났고, 그런 그를 막기 위해 백호가 갔다는 사실도 전해 들었다. 그랬기에 조릉의 마음은 조급했다.

몇 번이고 뒤에서 전음으로 그런 조릉의 마음을 다잡아 준 월하린의 행동이 없었다면, 그는 성난 속내를 감추지 못했을지도 모르겠다.

월하린이 계속해서 말했다.

침착해야 한다고.

감정적으로 대했다가는 오히려 조비연이 위험에 빠질지도 모른다고 말이다. 알고는 있지만 조릉의 입장에서 마음이 편할 수만은 없었다.

백호의 강함에 대해서는 익히 들어 알고 있지만 상대방 또한 그냥 당하고만 있지는 않을 것이다. 혹여나 백호에겐 별 문제가 없더라도 조비연까지 그럴 거라는 보장도 없지 않은가.

여러 가지 걱정이 조릉의 마음을 복잡하게 하고 있었다.

걱정이 가득한 조릉과는 다르게 백하궁의 세 사람의 표

정은 다소 편안해 보였다. 그들은 지금 상황을 잘 알고는 있었지만 왠지 모르게 큰 걱정은 되지 않았다.

최소한 그들은 팽현이 향했던 곳이 이곳 귀왕산이라는 것을 안 이후부터 가지고 있던 걱정의 대부분이 사라졌다. 백호 또한 이곳으로 향한 것을 잘 알기 때문이다.

그들이 걱정했던 것은 팽현이 향한 곳이 혹시나 자신들이 생각했던 귀왕산이 아니면 어쩔까 하는 것뿐이었다. 그것만 맞다면?

백호가 결코 그를 놓칠 거라는 생각은 들지 않았다.

귀왕산을 오르는 내내 전우신은 허리에 찬 검을 연신 만지작거렸다.

하북팽가의 무인이 사십여 명, 그리고 조릉이 부리는 수하들의 숫자가 그보다 많은 오십 정도. 거기에 백하궁의 인원 셋까지 해서 제법 많은 숫자의 무인들이 귀왕채로 오르고 있을 때였다.

쿠웅!

갑자기 산을 울리는 커다란 소리에 모두의 시선이 위쪽으로 향했다. 소리는 거기서 끊이지 않았다. 연속적으로 시끄러운 소리들이 귀왕산을 흔들었다.

타앙! 펑!

"이건 무슨 소리요?"

"……."

조룡의 질문에 팽조윤이 침묵했다.

그의 얼굴빛이 흙빛으로 변했다.

'무슨 일이지?'

왜 이곳에서 싸우는 소리가 들린단 말인가.

팽현이 귀왕채로 가서 할 일은 목표물이었던 조비연의 머리를 망가트리는 것뿐이었다. 그 일만 마치고 나면 팽현은 이곳을 떴을 테고, 그 이후로는 정해진 대로 하북팽가가 들이닥쳐 모든 상황을 정리하면 그만이었다.

그런데 이 소리는 대체 무엇이란 말인가.

싸우는 소리와 함께 아직까지도 모습을 드러내지 않은 팽현까지. 저 소리의 정체가 왠지 모르게 팽현과 관련되었을 거라는 예감이 밀려들었다.

팽조윤이 침묵하는 사이 아운이 말했다.

"누군가 싸우는 모양인데요?"

"싸우다니! 혹시 비연이가 위험한 것 아닌가?"

"그럴 수도 있겠죠."

"내 당장……."

다급히 위로 뛰어 올라가려는 조룡을 본 팽조윤이 황급히 길을 막아섰다. 그런 팽조윤의 행동에 조룡이 참지 못하고 화를 토해 냈다.

"왜 길을 막는 게요!"

"……혹시 모르니 장주께서는 아래에 계시는 게 좋을 듯싶소."

"뭐요?"

팽조윤의 말에 조릉이 두 눈을 부라렸다.

조릉이 말을 이었다.

"그 무슨 말도 안 되는 소리요! 내 딸의 일이오! 나보고 이곳에서 가만히 있으라는 게요?"

"이런 일은 우리가 더 전문이오. 괜히 이 인원이 전부 움직였다가는 오히려 장주의 여식이 위험해질 수도 있소. 잠시만 참고 있으면 우리가 귀왕채로 가서 여식을 구해오겠소이다."

팽조윤은 어떻게든 조릉이 가는 걸 막으려 했다.

그도 그럴 것이 혹시나 문제가 생겨 아직 조비연이 멀쩡하다면 결코 조릉과 만나게 해서는 안 됐다. 만약 그런 일이 벌어진다면 이 일의 흑막이 전부 드러날 것이기 때문이다.

조릉을 막아선 팽조윤은 속으로 중얼거렸다.

'멍청한 녀석! 대체 아직까지 일도 마무리 못 하고 뭘 하고 있는 게야?'

어떠한 상황인지 모르겠지만 팽조윤은 이번 일이 마무리

되면 이 일에 대해 팽현을 엄히 문책하기로 마음먹었다.

　조륭에게 자신의 뜻을 분명히 정했다 생각했는지 팽조윤이 그대로 하북팽가 무인들을 끌고 귀왕채로 가려고 할 때였다.

　조륭이 재차 나섰다.

　"나도 가야겠소."

　"거참, 내 방금 말하지 않았소. 괜히 장주께서 나섰다가 따님이 위험하실 수도……."

　"같이 가시죠?"

　"자네가 나설 일은 아니라고 보이는데."

　팽조윤이 둘 사이의 대화에 끼어든 월하린을 보며 표정을 와락 구겼다. 가뜩이나 한시가 급한 상황에 계속해서 이렇게 시간을 낭비하는 건 좋지 않았다.

　"이해가 안 가서요. 장주님이 동행하시는 게 뭐가 문제죠?"

　"내 방금 말한 걸로 기억하는데. 이런 일에는 우리 같은 전문가들이 나서는 게 맞아. 괜히 머리 숫자만 많다고 되는 일이 아니란 말이지."

　"그럼 우리가 동행하는 건요? 가주님의 말씀대로라면 저희 셋이 함께 가는 건 괜찮겠죠?"

　월하린이 양옆에 서 있는 전우신과 아운을 가리키며 말

했다. 그런 그녀의 모습에 팽조윤이 성을 내며 말했다.

"장주! 대체 이자들은 왜 데리고 온 게요? 지금 이렇게 내 시간을 잡아먹는 것 자체가 위험한 일이라는 걸 아직도 모르시겠소?"

"정말 그뿐인가요?"

"뭐?"

"장주님을 떼어 놓고 가려는 게 정말 그 이유뿐이냐고요."

"대체 무슨 소리를 하려는⋯⋯."

"다른 꿍꿍이가 있으신 건 아니고요?"

아무렇지 않게 내뱉는 월하린의 말에 팽조윤이 잠시 입을 닫았다. 무엇인가 알고 있다는 듯이 자신을 바라보는 그녀의 표정에 왠지 모를 불안감이 치솟았다.

'뭐지? 설마 이번 일에 대해 뭔가 알고 있는 건가?'

스스로 되물었지만 이내 팽조윤은 그럴 리 없다고 확신했다. 이번 일은 결단코 새어 나갈 틈이 없었다. 자신과 팽현 단둘만이 아는 일이다. 어찌 이들 백하궁 따위가 그 일에 대해 알 수 있단 말인가.

팽조윤은 다시 한 번 확신을 품고는 강하게 말을 받았다.

"이런 다급한 상황에 말장난이나 하고 있을 시간이 없

군. 헛소리는 이따 갔다 와서 듣지."

팽조윤이 그대로 지나쳐 가려고 할 때였다.

월하린이 손을 들어 그의 앞을 가로막았다. 그녀가 자신을 노려보는 팽조윤과 시선을 마주하며 말했다.

"분명 말씀드렸어요. 모두와 함께 움직이시죠. 그렇지 않으면 한 발자국도 가지 못하실 거예요."

"웃기고 있군. 무시하고 간다!"

팽조윤은 코웃음과 함께 하북팽가 무인들에게 명을 내렸다. 지금 이곳에서 월하린과 말싸움을 하기보다는 오히려 조금 더 강경하게 나서는 것이 지금 상황을 정리하는 데 나을 거라는 판단이 들어서다.

어차피 조룡은 자신의 편이다.

지금 당장에야 딸을 구하고 싶은 마음에 재촉하고는 있지만 결과적으로 시간을 끌어서 유리할 게 없다는 걸 잘 알고 있을 게다. 조룡만 자신의 편을 들어준다면 백하궁의 궁주인 월하린이 뭐라 해도 전혀 문제 될 것이 없었다.

하북팽가 무인들이 팽조윤의 말을 듣고 움직일 때였다.

가만히 서 있던 전우신이 손을 움직였다.

휘익!

"크윽!"

전우신의 검이 하북팽가 무인 중 하나의 어깨를 베고 지나갔다. 일부러 급소가 아닌 곳을 노렸기에 큰 부상은 아니었지만 분위기는 급속도로 냉랭해졌다.

"이게 무슨 짓이냐!"

팽조윤이 소리쳤다.

그의 두 눈에서 당장이라도 터져 나올 것 같은 뜨거운 기운이 철철 흘러넘쳤다.

전우신의 갑작스러운 행동에 하북팽가의 무인들이 빠르게 도를 뽑아 들고 백하궁의 무인들과 마주 섰다. 고작 셋뿐인 인원인지라 머릿수로는 상대가 되지 않았지만 그 기세만큼은 절대 밀리지 않았다.

전우신을 바라보는 팽조윤은 기가 찼다.

다른 놈이 이 같은 짓을 벌여도 화가 나 펄쩍 뛸 상황이다. 그런데 가장 먼저 검을 휘두른 것이 다른 자도 아닌 화산파의 전우신이다.

전우신이 입을 열었다.

"궁주님께서 가지 말라 하였습니다."

"하, 하하! 정말 우습구나, 우스워. 다른 놈도 아닌 전우신 네놈이 감히 같은 정파인 우리 하북팽가에게 검을 뽑아 든단 말이냐? 썩 비키지 못할까!"

제아무리 백하궁과 하북팽가의 사이가 나쁘다고는 하나 전우신은 화산파의 무인이다. 같은 무림맹 소속의 무인들.

그런 상황에서 전우신이 검을 뽑아 하북팽가의 무인을 다치게 하자 팽조윤으로서는 어이가 없었다.

하지만 팽조윤의 그 말에도 전우신은 한 치의 흔들림도 보이지 않았다.

그는 여전히 무뚝뚝한 목소리로 말했다.

"하북팽가만 가려 한다면 비켜서지 않는다 분명히 말씀 드렸습니다. 같이 움직이시든지 아니면…… 저와 싸우셔야 할 겁니다."

그리 크지 않은 목소리에는 결코 흔들리지 않는 확고함이 서려 있었다.

예상보다 더욱 단호하게 대응하는 전우신의 행동에 사실 월하린과 아운 또한 당황한 상태였다. 어떻게든 가는 걸 막자는 이야기는 했지만 설마 다른 이도 아닌 전우신이 먼저 검을 뽑아 하북팽가의 무인에게 공격을 가할 줄은 몰랐다.

아운이 슬쩍 곁눈질로 전우신을 살폈다.

얼마 전 하북팽가의 일로 다퉜을 때가 기억난다.

당시에 전우신은 말했었다. 정말로 하북팽가가 옳지 않은 일을 한 게 맞다면 자신이 선두에서 이들을 베어 넘기겠다고.

그리고 전우신은 정말로 자신이 내뱉은 말대로 행동했

다.

화산파의 무인으로서 입장이 곤란해질 수도 있는 상황이다. 그럼에도 불구하고 그는 망설이지 않고 먼저 검을 휘둘렀다.

반쯤은 믿지 않았는데…….

'치잇.'

아운은 뭐가 맘에 안 드는지 속으로 혀를 찼다.

팽조윤은 당장에라도 이 세 명을 밀고 나가고 싶었지만, 이 셋 모두 생각보다 고수들이라는 걸 잘 알고 있었다. 힘으로 무작정 밀고 나가려 하면 시간도 시간이거니와, 하북팽가 또한 적지 않은 피해를 입을 것이다.

그랬기에 팽조윤은 조륭을 끌어들였다.

"조 장주! 이들 좀 어찌해 보시오. 지금 한시가 급한데 이 무슨 멍청한 짓이란 말이오."

팽조윤이 말을 이어나갈 때 침묵하고 있던 조륭이 천천히 입을 열었다.

"두가장의 무인들은 들어라!"

조륭의 외침에 팽조윤은 슬쩍 미소를 지어 보였다. 최근의 모습으로 보건대 조륭이 자신의 편을 들어 줄 거라는 확신이 있어서였다.

조륭이 말을 이었다.

"지금부터 우리는…… 백하궁을 돕는다."

조릉의 생각지도 못한 명령에 팽조윤은 흡사 망치에 머리를 두드려 맞은 것 같이 멍한 표정을 지어 보였다. 백하궁이라니? 왜 자신이 아닌 백하궁을 돕는단 말인가.

조릉의 명이 떨어지자 두가장 소속의 무인들이 월하린의 뒤편으로 가서 섰다. 그들은 산 위에는 결단코 올라가지 못한다는 듯이 길을 막은 채로 버티고 있었다. 그 모습을 본 팽조윤은 입술을 깨물었다.

'제길, 이걸 어쩐다?'

무슨 이유인지 모르겠다만 조릉이 갑자기 백하궁의 편을 들고 나섰다. 팽조윤이 분에 찬 모습으로 씩씩거리며 말했다.

"꼭 이렇게까지 나오셔야겠소?"

"그러니 함께 가면 그만 아니오. 대체 뭐가 무서워서 그리도 혼자 가겠다고 우기는 게요?"

조릉이 차가운 목소리로 받아쳤다.

상황이 이리되자 팽조윤은 무작정 우길 수도 없었다. 조릉의 말대로 이처럼 우기기만 하는 것도 이상한 일이기 때문이다.

무슨 일이 벌어졌는지는 알 수 없지만 팽조윤은 선택을 해야만 했다.

그리고 팽현이 이 모든 일을 예정대로 완수했기를 빌 수밖에 없었다.

'그래, 별일 아닐 게야. 이 작전은 완벽했다. 그 누구도 알지 못했을 테니 방해도 불가능했을 터. 아마 다른 문제가 벌어진 게 분명하다.'

생각을 정리한 팽조윤이 고개를 끄덕였다.

"그럽시다. 난 장주를 위해 이런 선택을 했거늘 오히려 날 의심하니 나 또한 굳이 피하지 않겠소. 허나, 그로 인해 피해가 생긴다면 그것도 마찬가지로 장주의 책임이라는 것만 알아 두시오."

팽조윤의 말이 떨어지자 조륭이 손을 들었다.

그러자 길을 막아서고 있던 두가장의 무인들이 양옆으로 비켜섰다. 팽조윤이 아무도 모르게 살짝 미간을 찡그리고는 명을 내렸다.

"가자."

팽조윤의 말이 떨어지기 무섭게 세 개의 세력이 뭉친 일행들이 움직이기 시작했다. 그들은 멈추었던 발걸음을 보다 빠르게 움직이며 귀왕산을 올랐다.

그리고 이내 그리 멀지 않은 곳에 위치한 귀왕채의 모습을 확인할 수 있는 거리에 도달할 수 있었다.

귀왕채에서는 별다른 소란이 일지 않았다.

그 모습을 확인한 팽조윤이 속으로 안도의 한숨을 내쉬었다.

'별일도 아닌데 괜히 긴장했던 모양이군.'

팽조윤이 몸을 낮추며 뒤편에 있는 조릉을 향해 말했다.

"지금부터 은밀히 움직여야 하오. 우선 우리가 정문으로 갈 테니……."

끼이이익.

말을 내뱉던 팽조윤은 귓가에 거슬리는 소리가 들려오자 말을 멈추고 앞을 바라봤다. 시선을 돌렸던 팽조윤의 눈동자가 흔들렸다.

흡사 성벽처럼 산채를 지키고 있던 나무로 된 외벽이 천천히 쓰러지고 있었던 것이다. 그리고 이내 점점 기울기 시작한 외벽이 완벽하게 넘어져 버렸다.

쿠웅!

커다란 소리와 함께 먼지가 주변으로 훅 일었다.

그리고 그 안에서 몇 개의 그림자가 어른거렸다. 모두가 말없이 그 무너진 외벽을 바라보고 있을 때였다. 가장 먼저 모습을 드러낸 것은 다름 아닌 팽현이었다.

그는 피투성이가 된 얼굴로 비틀거리며 무너진 외벽을 통해 걸어 나오고 있었다.

거대했던 거구는 온통 상처로 가득했고, 도를 무기가 아닌 지팡이처럼 몸을 지탱하는 용도로 사용하는 중이었다.
간신히 몸을 버티고 선 그는 무엇인가에 겁이라도 먹은 것
처럼 뒷걸음질 치고 있었다.

처음 귀왕채에 왔을 때와 다르게, 이미 그는 역용술이
풀려 원래의 모습을 한 상태였다.

"가주의 아들 아니오?"

조룡이 차가운 목소리로 멍하니 서 있는 팽조윤에게 물
었다. 그리고 그 순간 외벽 너머에서 한 사내가 모습을 드
러냈다.

조비연을 한 손으로 번쩍 안아 든 채로 걸어 나온 그는
바로 백호였다.

조비연의 얼굴을 확인하자 조룡의 얼굴에 화색이 감돌았
다.

백호가 외벽 너머로 발을 내딛는 순간 간신히 뒷걸음질
치고 있던 팽현이 균형을 잃고 뒤로 나자빠졌다.

"으악!"

거친 비명과 함께 그는 비탈길을 마구 굴러 내렸다.

그렇게 그가 간신히 멈추어 선 것은 다름 아닌 팽조윤의
발 앞에서였다.

얼마나 심하게 당했는지 팽현의 얼굴에는 잔뜩 겁을 먹
은 기색이 역력했다. 그러던 그가 아버지인 팽조윤을 발견

하고는 놀라 자리에서 벌떡 일어났다.

"아, 아버님."

자신을 부르는 팽현의 얼굴을 본 팽조윤의 입술이 파르르 떨렸다. 정확한 이야기를 듣지 않았음에도 불구하고 지금 상황이 어느 정도 유추가 되었기 때문이다.

'……당했다.'

팽조윤이 고개를 돌려 월하린을 노려봤다.

언제부터 알았던 것일까?

이 모든 상황들이 모두 백하궁에 의해 벌어진 일이고, 그런 그들의 생각도 모른 채 자신들은 놀아난 꼴이 되어 버렸다.

대체 어디까지 알고 있고, 또 어떻게 안 것일까?

팽조윤은 이내 자신을 향해 다가오는 인기척을 확인하고는 그쪽을 향해 고개를 돌렸다.

백호가 조비연을 안은 채로 다가오고 있었다.

조비연은 눈물을 뚝뚝 흘리며 아버지인 조륭을 바라보고 있었다. 그리고 그 모습에서 팽조윤은 그녀가 너무나 멀쩡하다는 것도 알아차렸다.

'최악이로군.'

조비연이 멀쩡하다면 그녀는 그날 있었던 일을 조륭에게 말할 것이다. 두가장의 장주의 여식을 자신들이 납치했다는 사실이 알려진다면 결코 용서 받지 못하리라.

가까이 다가온 백호가 퉁명스레 말했다.

"너무 늦은 거 아냐? 내가 다 끝낸 것 같은데."

말을 마친 백호는 그대로 조비연을 바닥에 내려놓고는 손을 들어 그녀의 혈도를 가볍게 두드렸다. 그러자 여태까지 막혀 있던 조비연의 말문이 트였다.

"파하!"

긴 숨을 내쉬는 것을 본 조릉이 덜덜 떨리는 걸음걸이로 그녀에게 다가갔다.

"비, 비연아."

"아빠!"

여전히 눈에 눈물이 그렁그렁한 상태로 조비연은 조릉에게 다가가 안겼다. 그녀는 조릉에게 안기기 무섭게 서러운 울음을 터트렸다.

너무나 무서웠다.

백호가 아니었다면 어떤 일이 벌어졌을지 상상조차 하기 싫었다.

조릉은 울고 있는 조비연의 얼굴을 연신 손으로 닦아 주었다. 그래도 성한 딸을 보고 있자니 마음이 애잔하면서도 벅찬 기쁨이 밀려들었다.

하지만 그 기쁨을 즐기는 것보다 더욱 중요한 것이 하나

남아 있었다.

조륭이 조비연에게 물었다.

"대체 이게 어찌 된 일이냐? 누가 널 납치한 게야."

조비연의 시선이 옆으로 향했다.

그곳에는 이미 피범벅이 되어 있는 팽현이 있었다. 조비연이 날카로운 눈동자를 한 채로 손을 들어 그를 가리켰다.

"팽현, 저자가 날 납치했어."

"……확실하더냐?"

"응. 그날 객잔에서 호위무사를 죽인 것도, 날 납치한 것도 모두 저자 짓이야."

이미 월하린에게 들어 알고 있었던 사실.

허나 조비연의 입에서 직접 전해 듣자 여태까지 참아 왔던 분노가 폭발했다.

"지금 이게 무슨 말이오, 팽 가주?"

"……."

팽조윤은 이를 힘껏 악물었다.

차라리 이곳에 있는 모두를 죽일 수 있다면 좋으련만 그것은 불가능했다. 조륭은 자신보다 오히려 많은 숫자의 무인을 대동했고, 이곳에는 자신 혼자서 감당하기 힘든 고수 백호가 존재했다.

하지만 이렇게 있을 수만은 없었다.

이 일이 알려지면 하북팽가는 다시는 일어날 수 없을 정도의 타격을 받을지도 모른다.

팽조윤의 시선이 팽현에게로 향했다.

그는 거구에 어울리지 않게 덜덜 떨며 어쩔 줄 몰라 하고 있었다.

팽조윤이 두 눈을 감고는 천천히 입을 열었다.

"아들아."

"예, 예."

팽현이 더듬거리며 말을 받자 팽조윤이 말을 이었다.

"저 말이 사실이더냐?"

"그것이……."

팽현이 어떻게 대답해야 하나 망설일 때였다. 팽조윤의 전음이 그에게 틀어박혔다.

『네가 한 일이라고 고하거라.』

팽현은 자신의 귀를 의심했다. 정말 자신이 들은 전음이 맞는 거냐고 되묻는 듯이 그는 팽조윤을 바라봤다. 팽조윤은 별다른 말은 하지 않았으나 눈빛으로 그런 팽현의 질문에 답했다.

자신이 시키는 대로 하라고 그는 말하고 있었다.

팽현이 떨리는 목소리로 입을 열었다.

"예, 제가 한……"

그때였다.

부웅!

날아든 도가 그대로 팽현의 목을 날려 버렸다.

놀랍게도 그 도를 휘두른 것은 팽조윤이었다. 그가 서슬 퍼런 눈을 한 채 팽현의 목을 직접 베어 버린 것이다. 생각 지도 못한 그의 결단에 화를 토해 내던 조룡조차도 멈칫했 다.

팽현의 목을 단번에 베어 버린 팽조윤이 조룡을 향해 무 릎을 꿇었다.

"장주! 용서하시오! 내 못난 아들놈이 이런 말도 안 되는 일을 저질렀을 줄이야…… 이 모든 것이 자식을 잘못 가르 친 나의 잘못이오."

"지금 가주는 이 일에 대해 몰랐다고 말하려는 거요?"

"물론이오. 내가 알았다면 어찌 이런 끔찍한 일이 벌어 지는 걸 그냥 두고 보았겠소."

"그래서 그냥 몰랐다고 하는 것으로 이번 일이 끝날 거 라 생각하시오?"

"……어찌 그리 간단하게 넘어갈 수 있겠소. 내 이번 일 에 대한 벌은 분명하게 받겠소이다."

조룡은 잠시 무릎을 꿇고 사죄하는 팽조윤을 내려다봤

다.

'무서운 자다.'

조룡은 이번 일에 팽조윤 또한 개입되어 있을 거라 확신하고 있었다. 허나 그것은 그저 심증일 뿐, 물적 증거는 그 어느 것 하나조차 없었다.

그것을 알고 있었기에 팽조윤은 자신의 아들을 직접 베어 버린 것일 게다.

팽조윤은 무릎을 꿇은 상태로 몇 번이고 땅에 머리를 처박았다.

그의 두 눈에서 피눈물이 흘러넘쳤다. 연신 머리를 조아리며 그는 속으로 살의를 감췄다.

'아들아, 내 원망은 말거라.'

다음 대의 가주 직을 맡아야 했던 아이다.

그리고 팽조윤의 소중한 아들이기도 했다. 하지만 그래도 죽여야만 했다.

아들 하나 죽여서 세가를 살릴 수만 있다면, 한 번이 아니라 열 번이라도 죽일 수 있었다.

팽조윤은 그런 자였다.

그렇게 팽조윤이 용서를 구하자 조룡 또한 우선은 알겠다는 듯 고개를 끄덕였다.

"가주의 말대로요. 이번 일은 결코 이대로 넘어가지 않을 거요. 최소 봉문은 생각하셔야 할 것이오."

"고맙소, 그리고 정말 미안하오."

"우선 이 일을 무림맹에 알리고 추후의 일을 정하도록 하겠소."

말을 마친 조륭이 몸을 돌렸다.

어차피 이곳에서 더는 이들과 나눌 대화조차 없었다. 조륭은 한시라도 바삐 조비연을 데리고 두가장으로 돌아가고 싶었다.

그렇게 조륭이 일행들을 챙기고 있을 때였다.

상황을 무관심한 표정으로 바라만 보던 백호가 걸음을 옮기려던 순간.

다가온 조비연이 백호의 옷자락을 잡았다.

백호가 고개를 돌려 그녀를 바라봤다.

백호를 향한 조비연의 얼굴에 홍조가 가득했다. 처음 봤을 때부터 마음을 빼앗겼다. 그런 그에게 목숨까지 빚졌고, 백호의 강함과 자신감 넘치는 모습에 다시 한 번 반해 버렸다.

그랬기에 조비연은 어떻게든 백호에게 자신의 마음을 전하고 싶었다.

"저기요……."

"뭐야, 여자."

몇 번이고 만나고 수십 번이 넘게 자신의 이름을 이야기해 줬다. 그럼에도 불구하고 이 백호라는 사내는 단 한 번도 자신의 이름을 기억해 주지 않았다.

조비연은 그게 분했다.

"내 이름은 조비연이에요."

"뭐?"

"내 이름은 조비연이라고요."

"그래서? 어쨌든 앞으로는 더 귀찮게 하지 마라. 알겠냐, 여자?"

"조비연이라니까요!"

"아, 거 귀청 떨어지겠네. 난 인간의 이름 따위 하나하나 외우지 않아."

귀찮다는 듯이 조비연이 잡은 소매를 떨쳐 낸 백호가 월하린에게 다가가며 말을 걸었다.

"월하린, 남은 당과 챙겨 온 거 없어?"

"없는데요."

"뭐? 없다고?"

당과가 없다는 말에 백호가 충격을 받은 듯한 표정을 지어 보였다.

그런 백호를 향해 미안하다는 듯이 두 손을 합장한 채로 웃는 월하린을 바라보며 조비연이 혼자만 들릴 정도로 자그마한 목소리로 중얼거렸다.

"그럼 저 여자는요? 왜 저 여자의 이름은 항상 기억하는
건데요?"

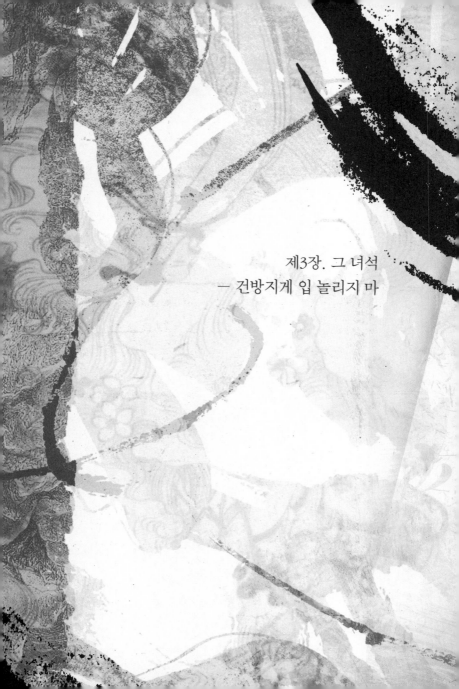

제3장. 그 녀석
— 건방지게 입 놀리지 마

　두가장을 발칵 뒤집었던 조비연 납치 사건은 그렇게 빠르게 정리되어 갔다. 허나 아직 일은 끝나지 않았다. 조비연을 되찾고, 흉수가 죽었거늘 오히려 뒤에 있을 후폭풍은 상상을 초월했다.

　그 흉수가 다름 아닌 하북팽가 가주의 아들 팽현인 탓이다.

　두가장으로 돌아오기가 무섭게 하북팽가는 자신들의 짐을 싸들고 하북으로 돌아갔다. 여러 가지 이유가 있었겠지만 개중에서도 비밀리에 아들의 시체를 회수하려는 이유가 가장 컸다.

떠나가는 하북팽가를 조릉 또한 잡지 않았다.

어차피 이곳에서 있었던 일에 관해서는 무림맹 측에 사람을 보내둔 상태고, 대의를 중시하는 명문 정파의 특성상 그들은 이 일에 대한 대가를 치러야 할 게다. 이번 일에 대한 문책은 엄중하게 이루어질 게 자명했다.

그리고 떠나는 것은 하북팽가뿐만이 아니었다.

"가시겠다는 거요?"

조릉이 두 눈을 크게 뜨며 되물었다. 그러자 월하린이 웃으며 고개를 끄덕였다.

"가야죠. 오랫동안 백하궁을 비워 두기도 했고, 이제 이곳에서 할 일은 다 했으니까요."

"하지만……."

조릉은 아쉽다는 듯 말꼬리를 흐렸다.

너무나 큰 은혜를 입어 버렸다. 어떠한 것으로도 보상하기 힘들 정도로 소중한 것을 지켜 준 월하린에게 무엇으로 보답해야 할지 모르겠다.

조릉이 물었다.

"며칠 쉬었다가 가면 안 되겠소?"

"청은 감사하지만 아무래도 힘들 것 같아요. 백호가 여기는 영 불편하다고 해서요."

떨어진 당과를 사겠다며 전우신과 아운을 데리고 이미

이곳에서 사라져 버린 백호다. 그랬기에 지금 이곳 집무실에는 월하린과 조룡, 그리고 조비연 이렇게 셋이 자리하고 있었다.

이들이 떠난다는 말에 조비연의 눈이 화등잔만큼 커졌다.

'백호가 간다고?'

어떻게든 잡고 싶었다. 하지만 백호가 눈앞에 있는 이 여인을 따라갈 것은 굳이 보지 않아도 알 것만 같았다.

조비연이 입술을 잘근잘근 씹을 때였다.

"그나저나 그 친구에게도 고맙다는 말을 못 한 것 같소이다."

"백호요?"

조룡이 고개를 끄덕였다.

"어쨌든 이 일에 가장 큰 공을 세운 게 백호 아니오. 내 백하궁의 모두에게 후한 보상을 하고 싶은데……."

"아뇨, 괜찮아요."

"사양하지 않아도 괜찮소. 나 또한 너무 고마워서 그대들에게 주고자 하는 것 아니겠소."

조룡의 말에 월하린이 웃으며 고개를 저었다.

그녀가 다부진 목소리로 답했다.

"장주님, 제가 말씀드렸지요? 저 또한 아버지의 생사 여부조차 알지 못하고 있어요. 그로 인해 장주님이 느끼셨을 걱정 또한 잘 알고요. 다른 것도 아닌 소중한 사람을 구해 줬다는 이유로 대가를 받고 싶지는 않아요."

"허허."

"저는 장주님이 처음 이야기하셨던 상권이면 충분하니까요."

"정말 그거면 되겠소?"

"물론이죠."

망설이지 않고 답하는 월하린을 보며 조릉은 자신도 모르게 미소를 흘렸다.

선하면서도 강단이 있다.

천하제일인이라 불리는 월천후의 핏줄이 과연 대단하구나 하는 생각도 들었다. 조릉이 진심을 담아 말했다.

"궁주께서는 분명 성공하실 게요. 그리고 아버님 또한 찾으실 수 있을 거라 믿어 의심치 않소."

"감사합니다."

월하린과 조릉은 서로 마주 보며 웃었고, 그런 그들의 옆에서 조비연만이 계속 안절부절못하며 자리하고 있었다.

월하린이 자리에서 일어났다.

"그럼 이만 거처로 돌아가 볼게요."

"내일 떠날 것이오?"

"예, 아마도 오전 중에 바로 떠나지 않을까 싶어요."

"그럼 내 가기 전에 찾아가리다. 은인들에게 다른 건 못 해 줘도 배웅은 해 줘야지."

고맙다는 듯이 월하린이 짧게 포권을 취하고 몸을 돌릴 때였다.

조룡이 그녀를 향해 말했다.

"그자를 조심하시오."

"그자라면……?"

"하북팽가의 가주 팽조윤. 원래부터 쉬운 자가 아니라는 건 알았지만 문파를 지키기 위해 망설임 없이 아들을 베어 버리는 모습을 보니 내가 그에 대해 잘 몰랐다는 생각이 드오."

모든 죄를 아들에게 뒤집어씌우고 단칼에 베어 버렸다. 물론 그렇다고 한들 이 모든 잘못을 벗어날 수는 없겠지만 그래도 최소한으로 그 피해를 줄일 수는 있을 게다.

증거만 있었다면 어떻게든 이번 일에 팽조윤을 엮으려 했을 것이다. 그것이 자신을 도와준 백하궁을 돕는 것임을 잘 알았기에.

문제는 이번 일에 팽조윤이 개입되었다는 물증이 없다는 거다.

그랬기에 조룡은 월하린에게 팽조윤을 조심하라는 말을

전하는 것 외에 할 수 있는 일이 없었다. 자신의 아들을 죽이면서까지 문파를 지키려고 한 자다. 그런 그가 쉽사리 욕심을 꺾을 거라는 생각이 들지 않았다.

조륭이 재차 말했다.

"그는 포기하지 않을 게요. 자기 자식을 죽일 정도로 독한 자니까 말이오."

"저도 그렇게 생각해요. 하지만 저 또한 그냥 당해 줄 생각은 없어요."

"뭐…… 잘하실 거라 믿소."

이번 일만 해도 하북팽가 위에서 모든 것을 꾸미지 않았던가. 월하린과, 그녀의 옆을 지키는 그들이 있는 이상 그리 녹록하게 당할 것 같지는 않다.

그 말을 끝으로 둘은 짧게 눈인사를 마쳤다.

월하린이 집무실에서 빠져나갔을 때다. 안절부절못하고 있던 조비연이 자리에서 벌떡 일어났다. 그런 그녀를 향해 조륭이 왜 그러냐는 듯이 물었다.

"뭐 그리 급히 일어나느냐?"

"나 잠깐 나갔다 올게."

"어허, 그런 꼴을 당한 직후에 나가긴 어딜……."

"이 앞까지만 나갈 거니 걱정 마!"

그 말을 마지막으로 조비연이 떠나간 월하린의 뒤를 쌩

하니 쫓아나갔다. 그런 그녀의 모습을 보며 조릉이 못 말리겠다는 듯이 얼굴을 감싸 안으며 중얼거렸다.

"대체 저 사고뭉치를 누가 데려갈는지."

조릉의 걱정도 모른 채 서둘러 달려 나간 조비연은 금세 월하린을 발견할 수 있었다. 어두운 밤이지만 넓게 펼쳐진 길 위로 걷는 그녀의 뒤를 조비연이 따라붙었다.

"이봐요!"

누군가 쫓아오는 걸 눈치채고 발을 멈췄던 월하린은 목소리를 듣고서 곧바로 그게 누구인지 알아차렸다. 생각지도 못했던 조비연이 다가오자 월하린이 두 눈을 동그랗게 떴다.

"무슨 일이시죠?"

자리에 선 그녀의 바로 코앞까지 조비연이 달려왔다. 급히 움직인 탓에 숨까지 몰아쉬던 조비연이 입을 열었다.

"할 말이 있어서요."

"뭔데요?"

"백호, 백호 그 사람 나한테 줘요."

조비연의 말에 월하린이 당황한 시선으로 그녀를 바라봤다. 이런 말도 안 되는 소리를 하고 있었지만 조비연의 표정은 결코 장난이 아니었다. 그녀는 진심으로 월하린에게 말하고 있는 것이다.

월하린이 가라앉은 목소리로 물었다.

"……왜 그런 이야기를 나한테 하는 거죠?"

"당신이 있어서 백호가 날 보지 않으니까요. 난 그 사람이 좋은데 그 사람은 계속 당신만 보잖아요! 나도 이런 말하는 게 못내 분한데…… 그게 사실이니까요."

조비연이 다소 앙칼진 목소리로 소리쳤다.

그녀의 말을 다 들은 월하린이 놀란 표정으로 서 있었다.

백호가 자신만을 바라본다니?

단 한 번도 그렇게 생각해 본 적이 없었다.

허나 조비연에게 그런 말을 듣고 나니 월하린은 이상할 정도로 빠르게 심장이 뛰었다. 그리고 덩달아 하얀 얼굴에 붉은빛이 머물렀다.

아주 조금이라도 그에게 특별하다는 사실에 기쁘지 않았던가.

다른 사람들의 이름을 기억 못 하는 백호가, 자신의 이름만큼은 언제나 불러 주는 것이 월하린은 좋았다.

월하린이 두근대는 심장을 억누르며 서 있을 때였다.

조비연이 말을 이었다.

"그 사람이 없으면 안 될 것 같아요. 그러니까 당신이 물러나 줘요."

조비연의 표정은 간절했다.

백호를 향한 그녀의 마음이 절절히 느껴질 정도로 말이다. 하지만……

"싫어요."

"말했잖아요! 난 그 사람이 없으면 안 될 것……."

"백호가 없으면 안 되는 건 당신뿐만이 아니에요."

월하린이 자신을 가리키며 천천히 입을 열었다.

"나한테도 그 사람은 특별한 존재니까요. 그러니까…… 양보 못 해요."

지지 않겠다는 듯 월하린이 조비연을 바라보며 받아쳤다. 그런 그녀를 향해 조비연이 물었다.

"당신. 백호 좋아해요?"

조비연의 그 한마디에 월하린은 턱 하니 숨이 막혔다. 월하린은 자신도 모르게 목에 걸린 목걸이를 어루만졌다.

직설적인 조비연의 질문에 월하린은 입술을 슬그머니 깨물었다. 그녀는 자신을 뚫어져라 바라보는 조비연을 향해 짧게 대답했다.

"그쪽이 알 필요 없잖아요? 제가 할 말은 다 한 것 같으니 이만 갈게요."

말을 마친 월하린은 그대로 몸을 돌려 걸었다.

조비연이 내뱉은 그 한마디 때문에 머리가 너무나 복잡

했다.

그녀의 한마디가 연신 머릿속을 맴돈다.

당신. 백호 좋아해요?

*　　　*　　　*

이른 아침, 백하궁의 인원들은 두가장을 떠나기 위해 짐을 챙긴 채로 움직였다. 생각보다 훨씬 길어진 이곳에서의 일정이 끝나자 백호는 무척이나 유쾌한 표정이었다.

"햐, 드디어 가는구나."

고기반찬 하나 제대로 없는 이곳에서 얼마나 고생했는지 치가 떨릴 지경이다. 그러던 중 마침내 이곳을 떠나게 되었으니 백호의 입장으로서는 기분이 좋을 수밖에 없었다.

히죽거리며 웃는 백호와 달리 월하린의 얼굴은 왠지 모르게 수척해 보였다. 어제 조비연이 던졌던 그 한마디에 밤새 잠을 설친 탓이다.

앞장서서 걸어 나가는 월하린의 뒤편에 선 전우신이 중얼거렸다.

"너무 오래 자리를 비운 탓에 총관께서 고생 좀 하셨겠군."

"뭐 그래도 여태 별소리 안 나오게 일을 처리한 걸 보니 확실히 실력은 있는 것 같던데. 혼자서도 잘 하고 있겠지."

아운의 말에 전우신은 동의한다는 듯이 고개를 끄덕였다. 그렇게 네 명의 인물들이 두가장의 정문에 도달했을 때였다.

사전에 월하린에게서 연락을 전해 들은 조룡과 조비연이 그곳에서 기다리고 있었다.

조룡이 다가오는 일행들을 반겼다. 그가 빠르게 다가오더니 이내 백호를 향해 아쉽다는 듯 말했다.

"꼭 이리 대낮부터 가야겠나. 점심 식사라도 하고 가라고 전했는데 말이야."

"풀떼기밖에 없는 식사를 한 끼 더 하라고요? 절대 사양하죠."

손사래 치는 백호를 보며 조룡은 픽 하고 웃었다.

이 사내의 식성에 대해서는 이미 전해 들은 지 오래다. 식단에 고기가 없다며 내당 총관을 들들 볶았다지 않던가.

조룡이 웃으며 사과했다.

"그건 미안하게 됐네."

조룡의 사과에도 백호는 심드렁한 표정을 지어 보였다. 그런 그를 잠시 바라보던 조룡의 시선이 월하린에게로 향했다. 더는 이들을 잡아 둘 생각이 없었기에 그는 빠르게 본론으로 들어갔다.

"이곳에서 백하궁의 거리가 그리 가깝지 않아 내 마차를 준비했소. 그걸 타고 가시면 될 거요."

"굳이 그렇게까지 신경 써 주실 건……."

"허허, 이 정도는 좀 받아 주시구려. 내 은인들에게 해 주는 게 고작 마차 하나뿐이라 미안하기까지 할 정도요. 그러니 못 이기는 척 내 배려를 좀 받아 주시오."

"알겠습니다. 신경 써 주신 마음까지 해서 감사히 받을게요."

월하린 또한 웃으며 고개를 끄덕였다.

조룡은 허락이 떨어지자 뒤편에 대기하고 있던 마부에게 손짓했다. 그러자 그는 마차를 끌고 백하궁 일행들에게 다가왔다.

마차는 그리 크지 않았지만 네 사람이 타기에는 충분할 정도였다.

가장 먼저 마차에 뛰어오른 것은 백호였다.

그는 곧바로 문을 열고 마차에 탑승했다. 백호가 움직이자 나머지 세 사람들도 그 뒤를 따라 마차에 올라탔다.

마차에 난 창을 통해 월하린이 마지막 인사를 건넸다.

"저희는 이만 가 볼게요, 장주님."

"조심해서 가시오."

"그럼."

말을 마친 월하린은 조룡의 옆에 선 채로 아무 말도 안 하는 조비연을 힐끗 바라봤다. 허나 조비연의 시선은 월하린에게로 향해 있지 않았다.

그녀의 시선은 월하린의 바로 옆에 앉아 있는 백호에게 고정되어 있었다.

하지만 그럼에도 불구하고 백호는 그녀에게 시선조차 주지 않았다.

말이 움직이기 시작했다.

다그닥다그닥.

마차가 서서히 미끄러지며 두가장을 벗어났다. 그리고 그렇게 백호는 멀어져 갔다. 멀어져 가는 마차에서 끝까지 눈을 떼지 않던 조비연이 고개를 숙였다.

'쳐다보지도 않았어.'

처음 봤을 때부터 헤어지는 그 순간까지 단 한 번이라도 자신을 똑바로 봐 준 적이 있던가. 그녀는 작게 고개를 저었다.

괜스레 서글픈 마음에 눈물이 핑 돌았다.

그리고 그때 옆에 서 있던 조룡이 그녀의 어깨를 감싸 안았다. 굳이 말하지 않아도 조비연의 마음을 알고 있었던 모양이다.

조룡이 멀어져 가는 마차를 바라보며 짧게 말했다.

"인연이 아니었던 게야. 너무 슬퍼 말거라. 곧 너에게 어울리는 남자를 만날 수 있을 게다."

"치잇. 그럼 아빠가 더 멋진 남자를 소개해 주든가."

"그렇게 이 애비를 혼자 두고 시집이 가고 싶은 게냐?"

서운하다는 듯한 조릉의 말에 조비연이 고개를 도리도리 젓고는 그의 품에 안겼다.

많은 일들이 있었던 두가장의 여정은 그렇게 끝나가는 듯이 보였다. 바로 그 일이 있기 전까지는.

달리는 마차 안은 조용했다.

아까까지만 해도 신나게 싸워 대던 전우신과 아운은 이미 백호에게 된통 깨진 상태였다. 전우신은 입을 꾹 닫은 채로 아운과 서로 노려보며 눈싸움을 해 대고 있었다.

그런 둘의 모습이 너무나 익숙했기에 백호는 신경도 쓰지 않고 월하린을 물끄러미 바라봤다.

턱을 괸 채로 창밖을 바라보고 있는 그녀의 표정이 어딘가 모르게 복잡해 보였다.

"어이, 월하린."

"……."

자신의 목소리에도 반응하지 않는 월하린을 백호는 손으로 가볍게 툭툭 쳤다. 그런 백호의 행동에 월하린이 화들짝 놀라며 고개를 돌렸다.

"뭐라고 했어요?"

"아니, 별말은 안 했는데…… 왜 이렇게 멍하니 있어?"

"아, 그냥 잠시 딴생각 좀 하다가…….'

월하린은 말을 얼버무렸다.

"너 혹시 아프냐?"

백호가 갑자기 훅 다가오자 월하린은 놀라 딱딱하게 굳었고, 그런 그녀의 이마에 손을 얹었던 백호가 고개를 갸웃했다.

"아픈 것 같지는 않은데."

백호의 손이 이마에 닿자 얼굴이 빨갛게 변한 월하린이 황급히 말했다.

"괘, 괜찮아요."

"그래? 꼭 아픈 사람 같은데 말이야. 얼굴도 새빨갛고."

"아, 이건 좀 더워서 그래요."

월하린은 괜히 손으로 더운 것처럼 부채질을 해 댔다. 그런 그녀의 모습이 이상할 만도 하련만 백호는 그냥 고개를 끄덕였다.

월하린에게 백호가 물었다.

"그나저나 그놈들은 어떻게 되는 거냐?"

"누구요? 하북팽가요?"

"응. 난 또 당장에 다 죽이고 어쩌고 할 줄 알았는데 생각보다 조용히 넘어가는 것 같아서."

"당장엔 그렇게 보일 수도 있겠네요. 하지만 아마 조용히 넘어가지는 않을 거예요. 무림맹 쪽으로 이 사건이 넘어갔다니까요."

"그럼 어떻게 되는데?"

"그거야 장담할 순 없지만 최하 십 년 정도는 봉문하지 않을까 싶어요."

"봉문?"

"대내외적인 문파의 모든 활동을 일절 접고 칩거하는 걸 말해요."

"뭐야? 고작 그거야?"

백호가 이해가 안 간다는 듯이 말했다.

허나 무림의 명문 문파로서 십 년 이상의 시간을 제재당한다는 것은 백호가 생각하는 것 이상으로 큰 문제였다. 그동안 많은 문파들이 치고 올라올 것이고, 최악의 경우 하북팽가는 지금의 영광을 영영 되찾지 못할지도 모른다.

벌의 강도가 너무 약하다는 생각은 들었지만 이내 백호는 상관없다는 듯이 말했다.

"어쨌든 활동을 못한다면 더 귀찮게 할 일은 없겠네."

"아마도 그렇긴 한데."

월하린은 확신할 수 없었다.

조룡이 말했던 것처럼 팽조윤은 쉬운 자가 아니다. 분명 봉문을 한 와중에서도 어떻게든 자신들의 입지가 옅어지지 않게 수를 부릴 게 분명했다.

물론 지금으로써는 그들이 어떤 비책을 내놓을지 예측하는 건 불가능했다.

"하, 배고프다. 가는 길에 마을이 있으면……."

백호가 말을 내뱉는 중이었다.

"으, 으앗!"

마부의 비명 소리와 함께 마차가 거칠게 멈추었다. 말이 다리를 높이 치켜들며 아슬아슬하게 움직임을 멈췄고 그 탓에 마차 안에 있던 이들은 사정없이 흔들렸다.

마차 벽에 머리를 틀어박았던 백호가 창밖으로 고개를 내밀며 버럭 소리쳤다.

"야! 죽을래? 뭐 이따위로 말을 몰아!"

"그, 그게……."

살기 어린 백호의 말투에 당황한 마부가 말을 더듬을 때였다.

잠시 놀란 감정을 추스른 월하린이 물었다.

"무슨 일이죠?"

"길이 이상합니다요."

"이상하다고요?"

월하린이 되물을 때였다. 앞에 앉아 있던 전우신이 짧게 말했다.

"제가 나가서 확인해 보겠습니다."

말을 마친 전우신이 곧바로 마차 문을 열고 걸어 내렸다. 그는 마부가 있는 앞좌석 쪽으로 움직였다. 앞으로 걸어가던 전우신의 표정이 구겨졌다.

전우신이 물었다.

"이 길이 원래 이렇소?"

"그럴 리가 있겠습니까. 자주 다니던 길인데 이렇게 된 건 생전 처음입니다."

쭉 이어진 길 곳곳에 폭탄이 터진 것처럼 움푹 파인 흔적들이 가득했다. 걸어서 간다면 모를까 마차를 타고 이곳을 지나간다는 건 불가능에 가까웠다.

마부와 전우신이 이야기를 나누는 소리를 들은 나머지 일행들 또한 마차에서 내렸다.

가장 먼저 다가온 백호가 앞을 바라보며 혀를 찼다.

"개판이네."

"이거 뭔가 이상하지 않습니까, 백호님?"

옆에 선 아운이 구멍을 바라보며 물었다.

한두 개도 아닌 수십 개가 넘는 구멍들이 이렇게 길 위에 생겼다는 건 인위적으로 만들었다는 소리밖에 되지 않는다. 아운의 말에 백호가 고개를 끄덕였다.

"자연적으로 생긴 건 아니야."

"그렇다면 대체 왜 이런 걸 만든……."

아운과 마주 서 있던 백호의 눈에 갑자기 검은 물체가 들어왔다. 백호의 눈이 급속도로 크게 변했다. 아운의 뒤편에서 무엇인가가 빠르게 달려들고 있었다.

후우웅!

백호는 곧바로 아운의 머리통을 잡고 그대로 옆으로 밀어 버렸다. 아운이 백호에게 밀려 옆으로 밀려나는 순간 정체를 알 수 없는 검은 물체의 공격이 백호에게 날아들었다.

촤르륵!

뒤로 반보 물러선 백호의 옷섶 끝자락을 날카로운 쇠붙이가 스치고 지나갔다.

공격은 거기서 끝이 아니었다.

검은 장포를 푹 눌러 써서 정체를 알 수 없는 그자의 몸이 회전했다.

파라라락!

수십 개의 암기가 장포 사이사이에서 쏟아져 나왔다. 백호의 시선이 날아드는 암기로 향했다.

숙숙숙!

고개를 비틀며 단번에 공격을 피해 낸 백호는 그대로 수도를 내리쳤다.

쩌엉!

백호의 수도에서 뻗어져 나온 내력이 순식간에 땅을 두부처럼 반으로 갈라 버렸다. 허나 그 공격은 정체불명의 괴한을 맞히지 못했다.

이미 뒤로 물러서며 공격을 피한 그자는 제법 거리를 벌린 상태였다.

그때 바닥에 널브러져 있던 아운이 천천히 자리에서 일어났다. 그가 실눈을 한 채로 웃으며 옷에 묻은 흙을 털고는 중얼거렸다.

"햐, 이런 거지 같은 새끼가."

중얼거리는 그의 몸 주변으로 백색 해골들이 천천히 피어올랐다. 사흑련주의 무공인 백골회련신풍(白骨回聯迅風)이 뿜어내는 사이한 기운이 단숨에 주변을 잠식했다.

허공에 수십 개의 해골들을 수놓은 채로 아운이 백호를 향해 말했다.

"백호님, 저놈 제가 죽여 버려도 되죠?"

"할 수 있겠냐? 제법 빠르다."

"하하, 백호님 저 아운입니다."

실눈으로 웃고 있지만 아운에게서는 진득한 살기만이 가득했다. 평소 전우신과 투닥거리기 바쁜 아운이지만 그는 사흑련 최고의 후기지수다.

웬만한 자들은 아운 앞에서는 고개조차 들지 못한다는 소리다.

아운의 얼굴에 걸린 미소가 짙어질 때였다.

그의 근처로 온 전우신이 조그마한 목소리로 말했다.

"느낌이 안 좋다. 조심해."

"조심은 내가 아니라 저 자식이 해야지."

그 말을 마친 아운이 손으로 한 바퀴 허공을 휘저었을 때였다. 수십 개의 해골들이 흡사 무엇인가에 빨려드는 것처럼 휘몰아쳤다.

백골회련신풍 삼초식 파멸풍!

요란한 소리와 함께 아운의 손으로 몰려든 해골들이 단번에 정체 모를 자를 향해 날아들었다.

끼이이이익!

강철판을 손으로 긁는 듯한 울음소리와 함께 날아들기 시작한 아운의 공격, 그리고 그 순간 장포로 감춰진 자의 입술이 틀어 올려졌다.

그자가 손을 들어 올렸을 때다.

번쩍!

새빨간 기운이 흡사 번개처럼 하늘에서 떨어져 내리며 그의 손 주위를 감쌌다. 그리고 동시에 그 붉은 기운이 아운의 백골회련신풍을 향해 날아들었다.

　두 개의 힘이 충돌하는 순간 놀라운 일이 벌어졌다.

　백골들이 핏빛 기운에 감싸이며 갈기갈기 찢겨져 나간 것이다. 그리고 그 충격은 그대로 아운에게 돌아갔다.

　퍼엉!

　"큭!"

　아운의 몸이 뒤편에 있는 마차까지 주르륵 밀려 나갔다. 전우신이 황급히 그를 받아 낸 덕분에 아운은 가까스로 충돌을 면할 수 있었다.

　전우신이 놀란 목소리로 물었다.

　"괜찮아?"

　"뭐, 당연히 괜찮지."

　피 섞인 침을 내뱉은 아운이 이를 갈았다.

　아직 싸움은 끝나지 않았다.

　아운이 손바닥을 휘두르는 것과 동시에 해골들이 괴한에게로 날아들었다.

　퍼퍼펑!

　뒤편에 있던 나무들이 산산조각이 되어 터져 나갔다. 하지만 역시나 아운이 노렸던 자는 허공으로 가볍게 뛰어오르며 공격을 피해 낸 상태였다.

그 순간 아운도 땅을 박차고 날아올랐다.

아운은 그대로 냅다 발로 상대의 가슴팍을 후려 찼다. 일격을 성공시키는 것과 동시에 아운이 소리쳤다.

"넌 이제 죽었다 이……."

그 순간 괴한의 등 뒤에서 아까 보았던 붉은 기운이 어른거렸다. 그 모습을 걱정스레 보고 있던 전우신이 소리쳤다.

"피해!"

전우신이 외치기 전에 이미 아운 또한 몸을 비틀고 있었다.

'말 안 해도 알아!'

황급히 몸을 틀었지만 붉은 기운이 어깨를 허벅지를 베고 지나갔다. 피가 튀며 고통이 밀려들었지만 아운 또한 그대로 당하고 있지만은 않았다.

허공에서 떨어지는 와중에도 상대에게 일격을 적중시킨 것이다.

퍽!

아운의 내력이 담긴 주먹이 안면에 틀어박혔다. 그런데 공격을 성공시킨 아운의 표정이 좋지 않았다.

'느낌이 없어!'

놀랍게도 붉은 기운이 아운의 주먹을 막아 낸 덕분에 그의 공격은 수포로 돌아갔던 것이다. 가까스로 땅에 착지한 아운이 피가 터져 나오는 허벅지를 손으로 꾸욱 누르며 중얼거렸다.

　"저 귀찮은 건 대체 뭐야."

　마치 수족처럼 자유자재로 움직이는 붉은 기운은 공수의 변화가 완벽했다.

　아운이 다시금 달려들려고 할 때였다.

　"야, 너 누구냐?"

　마차의 옆에서 아운이 싸우는 것을 구경만 하고 있던 백호가 입을 열었다. 괴한이 똑바로 선 채로 백호 쪽을 바라봤다. 장포 때문에 보이지 않는 얼굴.

　그런 그를 향해 백호가 말을 이었다.

　"싸우는 방식이 내가 아는 놈을 많이 닮아서 말이야. 하지만 그놈이라고 보기엔…… 약하단 말이야."

　팔짱을 푼 백호가 천천히 괴한에게로 다가왔다.

　아운이 이자는 자기 상대라고 백호에게 말하려고 할 때였다.

　백호가 손을 들어 아운을 저지하고는 괴한을 향해 말했다.

　"청룡 그 새끼 어디 있어."

백호의 그 한마디가 터져 나오기 무섭게 멀리에서부터 천천히 커다란 웃음소리가 들려 왔다.

"하하하! 정말 너는 못 속이겠군."

누군가의 기척을 전혀 느끼지 못했었기에 백하궁의 인물들은 놀란 듯 웃음이 터져 나오는 근원지를 바라봤다. 그리고 아주 멀리에서부터 한 사내가 천천히 다가오고 있었다.

큰 키와 목소리만 아니었다면 여인이라 오해할 법한 아름다운 외모의 사내. 청색 머리카락을 찰랑거리며 다가오는 그자의 정체는 바로 청룡이었다.

새카만 흑련석이 달린 반지를 낀 그가 백호를 향해 양팔을 벌렸다.

"오랜만이야."

"넌 어떻게 시간이 그렇게 지나도 변한 게 없냐? 하는 꼬락서니가 여전하네."

"왜? 내 장난이 맘에 안 들었어?"

"넌 이게 재미있냐?"

"재미까지는 아니더라도 우리의 만남에 앞서 극적인 연출 정도는 되지 않을까…… 싶었는데 말이야."

"그럼 헛다리 짚었고."

말을 하면서 백호는 천천히 옆으로 걸었다. 그곳에는 월하린이 있었다.

다른 이도 아닌 청룡이다.

저놈이라면 무슨 일을 벌일지 모른다.

그랬기에 백호는 혹시 모를 상황에 대비해 월하린을 지키고자 거리를 좁혔던 것이다.

청룡이 알아차리지 못하게 하려 했지만 눈치 빠른 그는 백호의 행동에서 위화감을 느끼고 있었다.

'흐음?'

청룡이 고개를 갸웃할 때였다.

"그나저나 무슨 일로 날 찾았냐?"

"아, 그냥 근방을 지나갈 일이 있었는데 오래된 내 친구가 가까운 데 있다더라고. 그냥 지나칠 순 없잖아."

"앞으론 그냥 지나치지? 별로 반가운 얼굴도 아닌데."

"왜 그래, 너답지 않게. 이상하게 긴장한 것 같은데."

"긴장?"

백호가 어처구니없다는 듯 히죽 웃었다.

하지만 청룡의 시선은 백호에게 강렬하게 틀어박혀 있었다. 이유는 모르겠지만 백호의 행동에서 묘한 이질감이 느껴졌다.

그 이질감의 정체에 대해 청룡이 고민할 때였다.

백호가 손가락으로 괴한을 가리키며 말했다.

"널 따라 하는 저놈은 뭐냐?"

"아 참, 깜빡했네. 소개를 해 주려 했는데 말이야. 아마 너도 아는 녀석일 거야."

"내가 아는 놈이라고?"

"어이, 답답한 것 좀 치워 봐."

청룡의 명령이 떨어졌을 때다.

방금 전까지 붉은 기운으로 아운에게 공격을 퍼붓던 그 자가 전신을 감싸고 있던 장포에 손을 가져다 댔다. 그러고는 얼굴을 감싸고 있던 장포를 천천히 뒤로 젖혔다.

괴한의 얼굴을 확인하는 순간 백호가 슬쩍 이를 드러냈다.

"이게 지금 뭐 하자는 거냐? 저놈이 왜 여기 있어?"

"말했잖아. 아는 놈일 거라고."

청룡이 말을 받을 때였다. 장포를 벗은 그가 청룡의 옆에 다가가 환하게 웃으며 말했다.

"또 뵙는군요. 아무래도 백하궁과 저는 끊을 수 없는 질긴 인연이 있나 봅니다."

일전에 봤을 때와 분위기가 많이 변한 유강이 그곳에서 웃고 있었다.

유강의 얼굴에는 예전과 같은 미소가 가득했다.

환하게 웃는 얼굴은 분명 이전에 봤을 때와 비슷했다.

허나 풍기는 분위기는 완연하게 달라져 있었다. 얼굴 한편에서 느껴지는 짙은 어둠은 주변을 집어삼킬 것만 같았다.

마지막으로 만난 지 그리 오랜 시간이 지나지 않았거늘 유강은 다른 사람이 되어 있었다.

그런 묘한 분위기를 느낀 탓일까?

백호가 예전보다 더욱 짙은 살기를 흘렸다.

"하, 너도 참 질기네. 계속 안 죽고 내 앞에서 신경을 건드려 대는 걸 보니 말이야."

"그랬다면 죄송할 뿐이군요."

"뭐냐? 왜 이렇게 고분고분해졌어?"

예전의 유강과는 달라진 모습과 말투에 백호가 고개를 까딱거리며 물었다. 그러자 유강이 포권을 취하며 대답했다.

"그거야 청룡님의 지기라는 걸 알았으니까요. 제가 그것도 모르고 여태까지 무례를 범했습니다. 용서를 구하지요."

"지기?"

백호가 슬쩍 눈초리를 올렸다.

그리고 그 누가 뭐라고 하기도 전에 먼저 몸을 움직였다.

휘익!

바람같이 거리를 좁힌 백호의 손이 유강의 목을 틀어잡았다.

"크윽."

"건방지게 누가 누구랑 친구라는 거냐, 애송이."

백호는 그대로 유강을 허공으로 들어 올렸다. 숨통이 틀어막혔거늘 유강은 혈색이 조금 변했을 뿐 고통을 꾹 참고 있었다.

그는 거칠게 숨을 몰아쉬며 백호의 손아귀에서 빠져나오려 했다. 하지만 뾰족한 백호의 손톱이 목에 틀어박히며 핏줄기가 서서히 목을 타고 흘러내렸다.

백호는 이를 드러낼 정도로 화를 내며 두 눈을 빛내고 있었다.

당장이라도 유강의 목을 찢어 버릴 것만 같이 행동하는 백호를 향해 청룡이 입을 열었다.

"그만하지."

"지금 나한테 한 말이냐, 청룡?"

"그놈 그래도 내 제자야."

"그래서?"

"네가 그놈을 죽이려 든다면…… 나도 가만히 있을 수는 없는 노릇 아니겠어?"

말을 마친 청룡이 슬쩍 뒤편에 있는 백하궁의 인원들에

게 한 발자국 다가갔다. 그 순간 백호가 유강을 바닥에 내팽개치며 옆을 막아섰다.

"죽고 싶냐?"

"……재밌네."

청룡이 피식 웃었다.

눈으로 보고서도 믿을 수 없는 일이 벌어졌다.

백호 자신은 모르고 있는 듯했지만 정말로 이건 놀라운 일이었다. 자신의 기분을 상하게 한 자는 결코 용서하지 않던 백호가 고작 함께 있는 일행이 위험해질지도 모른다는 이유 하나로 화를 삭이고 길을 막아섰다.

혹시나 하는 생각에 했던 행동, 그런데 청룡의 예상이 맞아떨어졌다.

그제야 청룡은 알 수 있었다.

백호에게서 느껴졌던 그 묘한 이질감의 정체가 무엇인지.

청룡의 시선이 뒤편에 있는 이들의 모습을 살폈다.

월하린과 전우신, 아운 세 사람의 얼굴을 슬쩍 살핀 청룡의 입가에 잔인한 미소가 머물렀다.

'크크, 저놈들 때문에 손을 거뒀단 말이냐? 백호 네놈이? 고작 인간 놈들 때문에…….'

웃음과 함께 화가 치밀었다.

청룡이 아는 백호는 이런 자가 아니다.

거칠 것 없이 멋대로 행동하고, 자기 내키는 대로 살았다. 그게 백호다. 그런 그가 지금 고작 인간 놈들 따위를 지키려 들고 있었다.

청룡의 시선에 백호의 귀에 걸린 흑련석의 모습이 들어왔다. 흑련석의 모습을 본 청룡이 믿을 수 없다는 듯 중얼거렸다.

"……네 흑련석은 꼬락서니가 왜 그래?"

너무나 옅은 흑색 빛을 띠고 있는 흑련석을 본 청룡의 얼굴이 못 볼 것을 본 것처럼 일그러졌다. 백호는 그런 청룡을 향해 퉁명스레 말했다.

"네놈이 상관할 바는 아닐 텐데?"

"너 설마…… 아직까지도 인간에게 손을 대지 않은 게냐?"

잠에서 깬 이후로 백호가 인간에게 손을 대지 않는다는 건 청룡 또한 알고 있었던바. 하지만 시간이 꽤 지난 지금까지도 백호의 흑련석이 그 빛을 제대로 뿜어내지 못하고 있을 줄은 몰랐다.

뒤편에 엉거주춤 서 있던 아운이 참지 못하고 나서며 말했다.

"이봐, 비키시지. 난 아직 저 유강인가 뭔가 하는 놈하고 풀어야 할 게 남아서 말이야."

아운의 말에도 청룡은 요지부동이었다.

그는 뚫어져라 백호를 노려보고만 있었다. 그리고 그런 그를 밀쳐내며 아운이 지나쳐 가려고 할 때였다.

수도가 정확하게 아운의 복부에 틀어박혔다.

눈으로 좇을 수 없을 정도로 빠른 청룡의 공격에 아운의 허리가 접혔다.

"크으윽, 이 자식이⋯⋯."

"하찮은 인간 놈이 감히 누구의 몸에 손을 대."

부웅!

아운은 그 상태 그대로 몸을 회전시키며 발로 청룡의 턱을 올려 찼다. 하지만 그것은 허공을 갈랐을 뿐, 목표했던 청룡은 이미 그 자리에 없었다. 대신해서 청룡의 발이 그의 복부를 재차 걷어찼다.

퍽!

바닥에 나뒹군 아운이 간신히 몸을 일으켜 세우려 할 때였다.

청룡이 한 손을 들어 올리며 요기를 풀었다.

그의 손 주변으로 검은 기운이 몰려들기 시작했다. 청룡이 잔뜩 표정을 구긴 채로 다가오며 중얼거렸다.

"낄 곳 안 낄 곳을 분간 못 하는구나. 사지를 찢어주지."

"어디 해 볼 테면 해 보시든지."

아운이 입 안에 고인 피를 내뱉으며 자리를 박차고 일어났다. 허나 둘의 싸움은 백호로 인해 이어질 수 없었다.

"너 지금 뭐하는 거냐?"

"뭐하긴. 건방진 인간 놈 하나 손봐 주려는 건데 뭐 잘못인가?"

"누구 앞인지 잊은 거 아냐?"

백호가 들어 올린 청룡의 손목을 꽉 움켜잡았다.

청룡과 백호의 시선이 허공에서 마주쳤다. 백호가 슬그머니 이를 드러내며 입을 열었다.

"손 내려. 이건 명령이다."

"뭐, 좋아."

청룡은 생각보다 순순히 아운을 향해 뻗으려던 공격을 멈췄다. 비록 표정의 한편에는 아운을 향한 살기가 사라지지 않고 남아 있긴 했으나 청룡은 별다른 위해를 가할 생각은 없어 보였다.

청룡이 기운을 거두자 백호가 그의 손목을 잡고 있던 손을 풀었다. 청룡은 새빨갛게 변한 자신의 손목을 어루만졌다.

"뭐 어쨌든 아직은 네 말을 들어야 하는 입장이니까."

"알았으면 이만 가라."

"오랜만에 만났는데 너무 매정한 거 아냐?"

"크르릉! 자꾸 똑같은 말 번복하게 할래?"

화가 난 백호는 자연스럽게 짐승의 울음소리를 토해 냈다. 백호의 정체를 모르는 전우신과 아운은 그런 그의 모습에 일순 당황하는 듯했다.

그리고 그런 둘의 뒤편에 서 있는 월하린의 표정은 걱정으로 가득했다.

다른 이들은 모르겠지만 그녀는 알 수 있었다.

지금 눈앞에 있는 청룡의 존재가 보통 인간이 아닌 요괴라는 것 정도는. 그리고 그런 그들의 등장은 왠지 모를 불안감을 월하린에게 안겨 줬다.

마치 백호와 멀어질 것만 같은 불안감.

월하린이 가슴을 움켜잡았다.

조비연이 했던 말 그리고 백호와 같은 요괴인 청룡의 등장이 뒤섞이며 그녀의 마음을 뒤흔들었다.

청룡이 말했다.

"이왕 이렇게 된 거 차라리 같이 가지? 너에게 해 줄 말도 있고 말이야. 어차피 다시 만나야 될 사이인데 굳이 번거롭게……."

"그만둬요."

말을 내뱉던 청룡의 입을 멈추게 한 것은 월하린이었다.

월하린이 갑작스럽게 나서자 이야기를 하던 청룡이 잠시 말문을 닫고 그녀를 바라봤다.

월하린이 말을 이었다.

"백호 스스로가 가겠다는 거면 몰라도 억지로 설득해서 데리고 가려는 건 절대 두고 보지 않을 거예요."

"지금 이 자리가 네깟 하찮은 존재가 끼어들 만한 상황이라고 생각……."

"알아요. 당신이 누군지."

"내가 누군지 안다고? 어디까지 안다는 거지?"

"전부요. 전에 만났던 주작이라는 분까지 해서 모두의 정체에 대해서요."

월하린의 말에 청룡은 처음으로 당황했다.

어째서 인간이 자신의 정체를 안단 말인가. 지금 월하린의 말투에서 청룡은 그녀가 자신들이 요괴라는 것까지 알고 있다는 사실을 어렴풋이 눈치챘다.

그랬기에 한편으로 놀라웠다.

'그럼 알면서도 여태까지 백호와 함께했다는 건가? 도대체 인간이 왜?'

인간은 예전부터 그랬다.

자신들과 다른 것은 배척하고 무서워한다. 자신들보다 못난 것에는 관대하지만, 비교할 수 없는 뛰어남을 지녔다면 그걸 두려워하고 피하기 마련이다.

백호가 요괴라는 걸 알면서도 여태 붙어 있었고, 또 그를 떠나지 못하게 하려는 듯한 월하린의 모습을 청룡은 쉬이 이해할 수 없었다.

저건 여태까지 봐 왔던 인간의 모습이 아니었으니까.

당황한 청룡을 향해 월하린은 말을 이었다.

"이 사람 당신이 못 데리고 가요. 그러니까 그쪽이 가세요."

생각지도 못한 월하린의 개입에 잠시 아무런 말도 하지 않고 있던 백호가 그녀의 말이 끝나가기 무섭게 맘에 든다는 듯 히죽 웃었다.

월하린의 강경한 태도와 가지 못한다는 그 말이 이상하게 마음에 들었다.

청룡의 등장 이후 계속해서 불편한 표정을 짓고 있던 백호의 얼굴에 여유가 돌아왔다. 월하린의 옆으로 다가선 백호가 그녀의 어깨에 손을 턱 하니 올려놓고는 자신만만한 목소리로 물었다.

"들었냐?"

"……?"

"못 보내 주겠다잖아. 그러니까 헛소리 지껄이지 말고 가라."

말을 마친 백호가 월하린을 향해 다시금 히죽 웃어 보였고, 그런 백호를 향해 그녀 또한 환하게 웃었다. 그런 둘을 바라보던 청룡이 손가락으로 가볍게 입술을 훑었다.

'너로구나.'

백호의 변한 모습에 대해 전해 들으면서도 온통 의문투성이였다.

왜 인간을 먹지 않는지, 백하궁이라는 되지도 않는 곳에 속해서 귀찮은 일을 감수하면서까지 지내고 있는지. 하나부터 열까지 이해가 안 갔는데…… 이제는 알겠다.

바로 저 인간 여자 때문이다.

저 인간 여자로 인해 백호가 청룡의 상식과는 다른 행동들을 벌이고 있었던 것이다.

대체 어떻게 했길래 한낱 인간 따위가 저 제멋대로인 백호를 저렇게 만들 수 있었을까. 청룡의 시선이 월하린에게 틀어박혔다.

그의 시선이 곱지 않았다.

청룡이 준비하고 있는 일들, 그리고 그 모든 것들을 위해서는 백호의 힘이 필요했다. 청룡에게 필요한 것은 완전체인 백호였다. 그런데 지금의 백호는 인간도 먹지 않은 탓에 그 요력이 너무나 미약하다.

청룡은 손을 들어 올렸다.

완전한 힘을 되찾지 못한 백호에게는 흥미가 없었다. 그리고 그가 완전한 힘을 되찾게 하기 위해서는 경각심을 심어 줄 필요가 있어 보였다.

청룡의 행동에서 수상한 것을 눈치챘는지 백호가 시선을 돌렸다. 백호의 눈에 청룡의 손가락에 걸린 반지에서 흘러나오는 흑색 기류가 들어왔다.

백호가 표정을 구겼다.

"무슨 짓이냐? 설마 규율을 어길 생각이냐."

"그럴 리가. 다만 하나 보여 주려고. 지금 너의 힘이 얼마나 미약한지를."

쿠우우우우!

말이 끝나기가 무섭게 땅이 흔들렸다.

흡사 지진이라도 난 것처럼 사방이 진동했고, 서 있던 이들마저 쓰러질 뻔할 정도였다. 옆에 있던 마차의 말들이 미쳐 날뛰다 게거품을 물며 쓰러졌다.

청룡이 주먹을 들어 올렸다.

반지가 정확하게 월하린을 겨누었다.

"잘 보라고."

반지에서 맹렬한 검은 기운이 주변으로 휘몰아칠 때였다. 상황이 위험하다 생각한 전우신이 황급히 백호를 잡아당기며 소리쳤다.

"백호님! 당장 피해야……."

"움직이지 마!"

옆으로 몸을 던지려던 전우신과 아운은 백호의 일갈에 발을 멈추었다. 왜 움직이지 말아야 하냐는 듯 바라보는 두 사람을 향해 백호가 짧게 말했다.

"움직이면 오히려 죽어. 절대 움직이지 마."

그리고 그 순간 반지에서 힘이 쏟아져 나왔다.

타아아앙!

소리와 함께 땅이 터져 나갔다.

그것은 무시무시한 악귀와도 같았다. 용을 연상케 하는 기다란 형상의 무엇인가가 땅을 파먹으며 백호 일행에게 날아들었다.

그 힘이 너무나 강렬했기에 월하린은 놀라 두 눈을 질끈 감아 버렸다. 그녀를 노리고 날아들던 그 검은 용의 형상이 아슬아슬하게 옆으로 비켜 날아가다 천천히 모습을 감췄다.

청룡이 천천히 손을 내렸다.

"어때? 정말로 내가 공격했다면…… 막을 수 있었겠어?"

백호가 가볍게 고개를 끄덕였다.

"물론이지. 애초부터 옆으로 비켜갈 걸 뻔히 아는데 반응하는 것도 우습지."

"그래?"

청룡이 반지를 다시금 만지작거렸다.

하지만 청룡은 더는 요기를 뿜어내지 않았다. 청룡이 뒤쪽에 유강을 둔 채로 천천히 다가왔다. 백호의 지척까지 다가온 그가 나지막이 중얼거렸다.

"다음번에도 이렇게 약하면 그때는 정말 나한테 죽을 거야. 실망은…… 이번 한 번으로 끝냈으면 좋겠어."

"헛소리나 지껄일 거면 저놈 데리고 그냥 좀 꺼지시지. 괜히 발걸음 멈추게 만들지 말고."

"뭐, 좋아. 어차피 아직 때가 안 됐으니 오늘은 갈 수밖에."

애초부터 청룡이 오늘 모습을 드러낸 것은 백호의 상태를 확인하고, 그에게 다시금 경각심을 불어넣어 주기 위해서였다.

소기의 목적을 다 완성한 지금 굳이 이곳에서 더 있을 이유는 없었다.

"그럼 다음을 기대하지."

그 말을 끝으로 청룡이 처음 모습을 드러냈던 곳으로 단숨에 사라져 버렸다. 그리고 그런 그의 뒤를 따라 유강 또한 멀어졌다.

폭풍과도 같았던 청룡의 등장, 그가 사라졌음에도 불구하고 일행은 잠시 아무런 반응도 보이지 못했다. 전우신이 슬그머니 자신의 손바닥을 옷에 문질렀다.

　말은 하지 않았지만 청룡의 공격이 시작되는 순간 전신에서 땀이 쏟아져 나왔다.

　손바닥에 흥건한 땀을 닦아 내며 전우신은 사라진 청룡의 모습을 떠올렸다.

　생전 마주한 적 없는 엄청난 자다.

　'대체 누구지? 그리고 저자를 아는 백호님은 또……'

　한동안 잊고 있었던 백호에 대한 궁금증이 치밀어 올랐다. 그리고 전우신과 마찬가지의 생각을 아운이 하는 동안 백호의 마음은 복잡했다.

　'정말 강해졌군.'

　청룡은 너무나 강해져 있었다.

　그랬기에 백호는 화가 났다.

　백호 자신의 힘으로는 청룡에게서 월하린, 그녀를 지킬 수 없다는 걸 느껴 버렸기 때문이다.

제4장. 그들의 이야기
— 더욱 강해져야만 하는 이유

하북팽가의 일로 무림맹이 뒤집어졌다.

그것은 이미 예견된 것과 다름없는 일이기도 했다. 다른 곳도 아닌 오대세가, 그것도 하북팽가의 인물이 사리사욕에 눈이 멀어 해선 안 될 짓을 저질러 버렸다.

정파의 입장에서 이 일은 결단코 그냥 넘어갈 수 없는 문제였다. 단번에 이 안건은 무림맹 수뇌부로 상정되었고, 제아무리 하북팽가가 무림맹에서 지닌 힘이 적지 않았다 하지만 그들은 큰 벌을 피해 가기는 어려울 듯싶어 보였다.

무림맹 내부에 있는 사 층 누각의 가장 위층.

그곳에 마주 앉은 남녀 한 쌍의 모습은 무척이나 비범했다. 무림맹 서열 사 위 비각주 은설란과 현무였다. 뛰어난 외모의 두 사람은 그곳에 자리한 채로 별반 감정의 동요 없이 말을 주고받고 있었다.

먼저 말을 꺼낸 건 현무였다.

"비각주, 당신의 뜻대로 되었군."

"이렇게까지 크게 일을 벌일 줄은 몰랐는데…… 정말 아둔하다 못해 한심할 정도로군요."

은설란은 고개를 저으며 중얼거렸다.

애초부터 하북팽가를 통해 여타의 이들에게 경고를 주려 시작한 일이다. 은설란은 그 일을 이렇게까지 크게 벌일 거라고는 생각 못 했다는 듯한 표정이었다.

"아무리 그래도 납치라니. 팽 가주도 머리가 어떻게 됐었나 보군요."

"당신도 팽 가주를 알 텐데. 승산이 없는 싸움에 도박을 걸 자는 아니야. 딴에는 완벽하게 짠 계획이 실패로 돌아간 거겠지."

"그건 알죠. 얼추 듣기로는 이번 일에 당신이 그렇게 조심해야 한다 말한 백호가 큰일을 해냈다고 하던데……."

"그렇다고 하더군."

"뭐 계획은 멍청했지만, 실패한 것치고는 뒤처리가 그나마 깔끔했군요. 자기 자식을 베면서까지 가문을 지키다니. 우리 입장에서도 하북팽가를 아예 잃는 것보다 훨씬 나은 결과네요."

은설란은 담담하게 말했다.

그런 그녀를 잠시 바라보던 현무가 물었다.

"어떤 판결이 나올 것 같지?"

"봉문은 피하지 못해요. 그리고 보는 이들의 이목도 있으니…… 짧아야 팔 년. 길면 십오 년까지는 예상해야겠죠."

말을 마쳤던 은설란이 누각 아래를 잠시 내려다보았다. 인근에는 사람의 기척 따위는 느껴지지 않았다. 주변을 확인한 그녀가 말을 이었다.

"그림자회를 소집해야겠어요. 이 정도면 충분히 다른 이들에게 교훈은 되었다 생각하니 그들의 힘을 빌려 팔 년 정도 선에서 봉문을 마무리해야겠군요."

"하북팽가를 아예 버린다면 손해가……."

"그래서 준비한 게 하나 있죠."

"준비한 것?"

"하북팽가에서 한 명만은 자유롭게 무림에서 활동하게 해 줄 생각이에요. 팽기준, 그자는 그냥 버려두기엔 아까우니까요. 그리고 이건 얼마 전에 온 하북팽가 가주님의 부탁이기도 했고요."

"팽기준이라……."

현무가 중얼거렸다.

팽기준이라면 하북팽가 최고의 고수이자, 유강과도 인연이 있고 백하궁과도 그리 유쾌하지 않은 관계에 있는 자다.

그자만 움직일 수 있다면 지금까지 진행하던 모든 비밀스러운 일에는 차질이 없을 거라는 걸 알기에 하북팽가의 가주 팽조윤조차 이런 부탁을 했던 것이다.

현무가 입을 열었다.

"빠르게 정리해야겠군."

"당연히 그래야죠. 아, 그런데 살짝 귀찮은 일이 하나 생길지도 모르겠어요."

"귀찮은 일?"

현무의 물음에 은설란이 고개를 끄덕이고는 입술을 달싹였다.

"무림맹주가 움직일 것 같아요."

*　　　*　　　*

꽤나 길었던 두가장의 여정이 끝나고, 백하궁으로 돌아

온 그들이었지만 분위기는 그리 썩 유쾌하지 않았다. 두가
장의 일은 잘 해결되었지만 그 이후에 있었던 청룡과의 사
건 때문이었다.

유강에게 밀렸던 아운도, 청룡의 힘을 목전에서 느끼게
되었던 백호도 뭔가가 썩 마음에 들지 않은 모양이었다.
특히나 백호는 시간만 나면 연무장에 틀어박힌 채로 뭔가
를 고민했다.

나름 선선했던 가을의 바람이 조금씩 찬 기운을 머금기
시작할 무렵.

백하궁은 하루가 다르게 발전해 나가고 있었다.

두가장 장주 조륭의 도움으로 인해 장사는 한결 수월해
졌고, 덕분에 말과 붓은 조금 더 빠르면서도 많은 양의 판
매가 가능해졌다.

백하궁 월하린의 거처, 그곳에는 오늘도 백호를 제외한
다른 이들이 모여 있었다.

월하린은 오늘도 이곳을 찾지 않는 백호의 모습에 내심
서운함을 감추며 물었다.

"백호는요?"

"연무장에서 꿈적도 안 하시고 계신 것 같습니다."

전우신이 조심스럽게 답했고, 뒤이어 아운이 말을 받았
다.

"며칠째인지 모르겠군요. 벌써 보름 가까이를 거의 연무장에만 계시니."

"식사도 잘 안 하시는 것 같습니다."

주거니 받거니 말을 내뱉은 두 사람이 월하린을 바라봤다. 어떻게 해 보라는 듯한 둘의 눈빛을 그녀가 모를 리가 없었다.

허나 그런 둘의 시선이 불편한 월하린이었다.

그날 이후 갑자기 딱딱하게 변한 백호를 보며 월하린은 알 수 없는 불안감을 느껴야만 했다. 혹시나 찾아갔다가 백호가 떠나겠다고 한다면?

그런 정체 모를 불안이 만들어 낸 고민 때문에 쉬이 먼저 그를 만나러 가는 게 어려웠다.

하지만 월하린 또한 알고 있었다.

계속 이런 상태로 있을 수는 없다는 것 정도는.

잠시 아무런 말도 하지 않고 침묵으로 일관하던 그녀가 이내 마음을 정했는지 고개를 끄덕였다.

"제가 찾아가 볼게요."

월하린의 대답에 두 사람이 기다렸다는 듯 고개를 끄덕였다.

결단을 내린 월하린은 빨랐다.

그녀는 곧바로 자리에서 일어나서 주방으로 향했다. 궁

주인 그녀가 주방에 들어서자 일을 하던 시비들이 놀란 듯 허둥지둥하며 일손을 멈추려 했다.

월하린이 손을 들어 그들을 향해 말했다.

"전 신경 쓰지 말고 하시던 것 하시면 돼요."

짧은 말을 한 채로 월하린은 커다란 접시 하나를 들고는 그 안에 넘칠 정도로 많은 양의 고기를 담았다. 백호를 만나지는 못했지만 자주 찾아가고, 또 식사를 했는지 안 했는지 주의 깊게 신경 썼던 그녀다.

그랬기에 백호가 최근 얼마나 식사를 하지 않았는지 정도는 잘 알고 있었다.

손에 든 큰 접시, 그리고 품 안에는 얼마 전부터 백호를 만나면 줄 생각으로 챙겨 두었던 당과 주머니도 자리하고 있었다.

백호가 좋아하는 고기볶음을 챙긴 월하린은 대신 나르겠다는 시비들에게 됐다고 전하고는 직접 들고 그가 틀어박혀 있는 연무장으로 향했다.

다소 늦은 밤, 소매 사이로 밀려들어 오는 바람이 서늘하다.

멀지 않은 곳에 위치한 백호의 연무장이었기에 순식간에 도착할 수 있었지만 월하린은 선뜻 안으로 들어서지 못했다. 그녀가 바깥에서 잠시 서성거릴 때였다.

"서성거리지 말고 들어와."

연무장 안에 있는 백호는 그녀가 온 것을 알아차렸던 모양이다. 백호의 말이 떨어지자 길게 숨을 내쉰 월하린이 연무장 문을 조심스레 열며 안으로 걸어 들어갔다.

초가 거의 꺼져 있는 연무장 내부는 어두웠다.

그리고 그런 연무장의 한가운데에 백호가 자리하고 있었다. 월하린이 음식을 든 채로 천천히 다가가며 말을 걸었다.

"저인 줄 어떻게 알았어요?"

"내 귀 모르냐? 발걸음 소리만 들어도 너인지 아닌지 정도는 단번에 알 수 있거든?"

백호가 대수롭지 않다는 듯이 말했다. 백호의 근방으로 다가온 월하린이 맞은편에 앉으며 물었다.

"밥 제때 못 먹었죠? 챙겨 오긴 했는데……."

"배고프긴 하네."

백호는 그제야 허기진 것이 느껴졌는지 자신의 배를 슥슥 어루만졌다. 그러고는 이내 월하린이 건네준 접시와 젓가락을 들고는 고기를 입 안에 마구 퍼 담았다.

여전히 서투른 젓가락질이었지만 백호는 예전에 비해 능숙하게 손을 움직였다.

월하린은 그런 백호의 앞에 쭈그려 앉은 채로 물끄러미

고기를 먹는 그를 바라만 볼 뿐이었다.

하고 싶은 말이 많았는데 보고 있자니 쉬이 입이 떨어지지 않는다. 그런 그녀의 눈빛을 알아차린 백호가 고기가 잔뜩 든 입을 우물거리며 물었다.

"왜 그렇게 쳐다봐? 꼭 할 말 있는데 못 하는 것처럼."

"혹시 물어봤다가 취소해도 돼요?"

"그게 무슨 소리냐?"

"물어봤다가 대답이 맘에 안 들면 못 들은 걸로 해도 되냐고요."

"세상에 그런 게 어디 있어?"

백호가 기가 차다는 듯이 대꾸했다. 그런 백호의 말에 월하린이 한숨과 함께 고개를 끄덕였다. 사실 자신이 꺼낸 말이지만 그것이 말도 안 되는 소리라는 것 정도는 충분히 인지하고 있지 않았던가.

백호가 말했다.

"뭐가 묻고 싶은 건데?"

"……."

"대체 뭔데 그렇게 뜸을 들여?"

"당신이 떠날까 무서워요."

월하린이 결국 마음에 담아 두었던 말을 뱉어 냈다.

그런 그녀의 말을 전해 들은 백호는 잠시 침묵하다가 이내 입을 열었다.

"왜 그렇게 생각하는데?"

"기분 나빠 하는 모습도 그렇고, 흑련석에 힘이 쌓이지 않는 이유가 뭔지 전 이미 들어서 알잖아요. 인간을 먹어야 그 귀걸이에 힘이 쌓이는데…… 저 때문에 참는 거잖아요."

"아니라고는 못 하겠네."

백호가 피식 웃으며 중얼거렸다.

시간이 지나면서 점점 힘이 쌓여는 가고 있지만 인간을 먹어서 직접적으로 요기를 빨아들이는 것에 비한다면 어마어마한 시간적 차이가 난다.

월하린이 말한 대로 그런 것 때문에 청룡에게 꿀린 것 같아 기분이 나쁜 것도 분명 사실이었다. 하지만 그것이 전부는 아니었다.

백호가 딱 부러지게 말했다.

"예전에 주작을 만났을 때도 말했던 것 같은데 다시 말해 줄게. 난 안 갈 거야."

백호의 확답을 듣자 월하린의 얼굴에 화색이 돌았다. 여태까지 걱정하고 있던 것들이 한 번에 싹하고 내려간 기분이었다.

월하린은 백호의 마음을 다시금 확인하고 싶었는지 재차

되물었다.

"정말요? 정말 안 떠날 거죠?"

"당연히 안 떠나지. 네가 오해를 하고 있었나 본데 내가 기분이 나빴던 이유는……."

백호가 잠시 말을 멈췄다.

이곳으로 돌아오는 길에서부터 지금까지 내내 백호의 기분은 최악이었다. 청룡이 자신의 앞에서 까불어댔던 것도 분명 기분 나빴지만 그보다 더욱 백호를 분노케 한 것은 월하린과 관련된 것이었다.

백호가 월하린을 뚫어져라 바라봤다.

그가 떠나지 않는다는 말에 그저 하염없이 좋아만 하던 월하린이 백호의 시선을 느끼고 잠시 눈을 동그랗게 떴을 때였다.

백호가 천천히 말을 이었다.

"내가 그 순간…… 널 지키지 못했을 수도 있다는 것에 화가 난 거야."

생각지도 못했던 백호의 말에 월하린이 놀란 듯 얼굴을 굳혔다. 설마 백호가 그런 것 때문에 기분이 나빴을 거라고는 상상도 할 수 없었던 탓이다.

청룡이 가했던 마지막 일격.

애초에 월하린을 노리지 않았기에 망정이지 만약 청룡이

그녀를 노렸다면 지금의 백호로서는 지켜주지 못했을 수도 있었다. 그 사실이 백호는 못내 화가 났던 것이다.

백호가 이마를 긁적거리며 말했다.

"처음엔 그냥 그놈한테 진 것 같아서 짜증 난다고 생각했어. 그런데 여기 연무장에 틀어박혀서 계속 고민해 보니 그게 아니더라고. 나도 이유를 잘 모르겠는데…… 널 지켜 줄 힘이 모자란다는 것에 왠지 화가 난다."

"설마…… 그래서 제 앞에 안 나타난 거였어요?"

항상 월하린의 옆에 쪼르르 붙어 다니던 백호가 단 한 번도 모습을 드러내지 않았다. 그런 백호의 모습에서 월하린은 그가 떠나려 하는 게 아닐까 걱정했지만 오히려 정반대였다.

지켜 주지 못할 뻔했다는 사실에 백호는 월하린을 직접 찾아가지 못하고 오히려 이곳 연무장에서 서성이고 있었던 것이다.

백호가 쪼그려 앉은 채로 월하린의 눈을 바라봤다.

"미안."

"미안하긴 뭐가 미안해요."

월하린은 흔들리지 않는 눈동자로 자신을 바라보는 백호와 마주했다.

백호가 말을 이었다.

"지켜 주겠다던 약속 못 지킬 뻔했어. 하지만 이젠 걱정하지 마. 더 강해질 테니까. 청룡 그놈이 어떻게 할 수 없을 정도로 엄청나게 더 강해질 테니…… 조금만 기다려 줘."

이 사람은 알까?

이렇게 한 점의 흔들림 없이 말하는 모습이 월하린 그녀에게 얼마나 큰 힘이 되는지.

월하린은 괜스레 눈물이 핑 돌았다.

떠나지 않겠다는 백호의 말과, 지켜주겠다는 말이 뒤섞이며 당장이라도 눈물이 쏟아질 것만 같았다. 그런 감정을 추스르기 위해 월하린은 황급히 품 안에 있는 당과 주머니를 꺼내어 들었다.

"자, 고마우니까 선물이에요."

*　　　*　　　*

백호의 고민은 깊었다.

그는 침상에 누운 채로 골똘히 생각에 잠겼다.

'망할, 그런 놈에게 휘둘리기나 하고.'

청룡에 대한 생각이 날 때마다 백호는 울컥울컥했다. 그놈이 자신 앞에서 건방지게 굴던 게 못내 기분이 나쁘다.

백호는 알고 있었다.

지금의 청룡과 싸웠다면 자신이 결코 이길 수 없었다는 것을.

백호와 다른 요괴들 간의 관계는 사실 무척이나 단순하면서도 복잡했다. 이들의 관계를 결정적으로 갈라지게 한 것은 다름 아닌 이천 년 전에 있었던 사건 때문이었다.

네 명의 요괴는 서로의 존재를 알았고, 자존심 강한 그들로서는 결코 상대방에게 물러서려 하지 않았다. 결국 이들은 한 자리에 모여 우두머리를 정하기로 약속했다.

그리고 있었던 싸움.

네 명의 싸움은 몇 날 며칠이 지나도 끝나지 않았다.

길고 긴 싸움이 끝나고, 단 한 명만이 승자의 자리에 설 수 있었다.

백호였다.

그의 앞에 청룡과 현무, 주작은 백호의 긴 손톱으로 인해 피투성이가 된 채로 무릎 꿇었다. 그리고 그들은 약속했다. 백호에게 다시금 덤비지 않겠다고 말이다.

허나 자존심 강한 요괴들이 그대로 있을 리는 없었다.

약속은 어떻게든 지킨다.

다만 영원히 아래에 있고 싶지 않은 그들은 또 하나의 제안을 했다. 천 년마다 다시금 도전할 기회를 달라는 것이었다.

천년지약(千年之約)이라 불리게 된 바로 그 맹세.

백호는 그런 그들의 부탁을 흔쾌히 허락했다.

당시에 백호는 그들에게 말했다.

　　─내가 왜 너희들의 이런 제안을 받아 주는지 알
　아? 아무리 오랜 시간이 지나도 결과는 마찬가지일
　테니까. 너희들이 몇 번이고 다시 태어나도 절대로
　날 못 이겨.

백호의 말은 틀리지 않았었다.

그 싸움이 있은 이후에도 백호는 언제나 최강이었다. 그
랬기에 천 년 전 있었던 그 시기에 누구도 백호에게 다시금
도전하지 않았다.

허나 이번엔 다르다.

곧 다시금 약속했던 천년지약의 시간이 다가오고 있었
고, 이번엔 백호의 아래에 있던 그들이 가만히 있지 않을
게 분명했다.

주작은 백호에게 덤비지 않을 게다.

그렇지만 나머지 두 요괴는?

현무는 모르겠지만 얼마 전의 만남을 통해 백호는 확실

히 알았다. 청룡은 백호가 약해진 지금의 기회를 결코 놓치지 않을 것이다.

모든 요괴가 그랬지만 청룡은 개중에서도 무척이나 자존심이 강했다. 그는 자신이 백호의 아래에 있다는 사실에 대해 마음 한곳에 깊은 한을 가지고 있었다.

절대적 강함으로 그들을 굴복시키지 않는 한 이 싸움은 반드시 일어날 것임을 백호는 잘 알았다.

'시간이 그리 많이 남지 않은 것 같은데. 서둘러야겠어.'

당장의 힘 차이는 어떨지 모르겠지만 백호는 여유를 잃지 않았다. 수천 년 전에 내뱉은 자신의 말에 대한 자신감도 여전했다.

그때 말했던 것처럼 아무리 오랜 시간이 흐른다 해도 자신이 그들에게 질 거라고는 생각하지 않았다. 그저 지금 백호에게는 강해질 조금의 시간이 필요할 뿐이었다.

다른 건 다 문제가 아니었지만 백호가 청룡에 비해 모자란 것이 있다면 바로 요력이었다. 백호는 귀에 걸린 귀걸이를 만지작거렸다.

청룡은 인간의 영혼을 통해 흑련석에 가득 힘을 담았다.

그에 반해 백호는 상황이 달랐다. 조금씩 쌓여 가는 음기를 흑련석에 담고는 있지만 속도가 느린 건 어쩔 수 없었다.

월하린을 위해 인간에게 손을 대지 않는 백호로서는 다른 방도를 찾아야만 했다.

'요력을 쌓을 다른 괜찮은 방법이 없나.'

백호의 고민이 길어질 때였다.

"백호님!"

문을 벌컥 열며 아운이 걸어 들어왔다. 그리고 그의 뒤에는 언제나처럼 전우신이 함께했다. 이미 누군가가 다가오는 걸 알고 있었던 백호였기에 그는 대수롭지 않다는 듯이 고개를 돌렸다.

"뭐냐?"

"나오셨다고 들어서 찾아와 봤습니다."

"좋아하시던 당과도 안 드시고 해서 걱정이 많았죠. 하핫."

전우신과 아운이 백호에게 다가와 말을 걸었다. 그런 둘을 가만히 바라보던 백호가 이내 뭔가가 생각났는지 아운을 발로 툭툭 치며 말했다.

"두건, 너 이 자식 훈련 안 하냐? 그런 놈에게나 당하고 말이야."

"변명하려는 게 아니라 정말 제가 알던 놈의 실력은 아니었습니다."

아운은 실눈을 한 채로 웃으며 말했지만 결코 그 속내까지 그런 건 아니었다. 당일 날 유강에게 일격을 당했던 아운은 그날 이후로 이를 부득부득 갈았다. 유강에 대해 어느 정도 알고는 있었지만 결코 그가 자신을 이렇게 몰아붙일 정도의 실력자라고는 생각해 본 적이 없었다.

마지막으로 본 게 몇 달 되지도 않았거늘, 그때 봤을 때와는 확연히 다른 느낌마저 풍겼다. 당시에는 느끼지 못했던 묘한 위압감마저 느껴질 정도였다.

아운은 알지 못했으나 백호는 유강이 강해진 이유를 어렴풋이 눈치챈 상태였다.

청룡이다.

그의 싸움 방식과 너무나 흡사했던 유강의 모습에서 백호는 그 사실을 알아차렸다.

어떻게 단기간에 그토록 강하게 만들었는지는 의문이었지만 백호는 유강에게 크게 신경 쓰지 않았다. 다만 자신의 부하가 청룡의 아래로 들어간 유강에게 한 방 맞은 것이 못내 마음에 들지 않을 뿐이다.

백호가 불만 가득한 목소리로 아운에게 말했다.

"다음에도 처 맞으면 용서 안 한다? 쪽팔리게 내 부하라는 놈이 다른 놈 부하한테 맞고 다니면 되겠냐?"

"자리만 만들어 주시죠. 다음번엔 제가 아주 박살을 내

버리겠습니다."

아운이 호언장담을 하자 옆에 있던 전우신이 가볍게 고개를 저으며 들으라는 듯이 중얼거렸다.

"또 깨질 것 같은데."

"뭐야 임마?"

"차라리 나한테 넘기지그래. 내가 특별히 네 복수는 해 줄 테니까."

"웃기고 있네. 나보다 약한 놈이 어딜 끼어들어."

"너보다 약하다니 누구 이야기지?"

"누구긴 누구야, 내 눈앞에 있는 네 이야기지!"

아운이 버럭 소리치며 전우신을 향해 손가락질했다. 하지만 전우신은 전혀 동요 없이 고개를 저으며 침착한 목소리로 말을 이어 나갔다.

"다 널 위해 해 주는 말이다."

"이게 위해 주는 거냐? 도발하는 걸로 들리는데?"

"너나 유강이라는 놈이나 싫은 건 매한가지지만, 그래도 그놈보다야 네가 아주 조금 더 낫거든."

"어쿠, 퍽이나 고맙네. 아주 고마워서 눈물이 날 지경이야."

아운을 향해 기회라는 듯이 놀려 대던 전우신이 이내 조금 딱딱해진 목소리로 대답했다.

"다시 싸울 생각이면…… 그때처럼 멍청하게 당하지 마라."

"내 말 못 들었냐? 다음번엔 반드시 박살을…….."

"진심으로 하는 이야기다. 또 당하지 말라고. 보고 있으면 울화통 터지니까."

"당한 건 난데 왜 네가 울화통이 터지냐?"

"……"

아운의 물음에 전우신이 침묵으로 일관했다.

그런 둘의 말싸움을 침상에 누운 채로 보고만 있던 백호가 허공으로 발길질을 해대며 말했다.

"뭣들 하냐. 너희들끼리 와서 떠들 거면서 여긴 왜 찾아온 거야 대체?"

"죄송합니다."

전우신이 짧게 사과의 뜻을 전했다.

그런 둘을 향해 백호가 맘에 안 든다는 표정을 지어 보이며 이내 손에 들고 있던 당과 주머니를 열었다. 안에 든 당과를 입에 넣고 우물거리고 있을 때 아운이 실눈으로 백호를 바라보며 물었다.

"그나저나 그자는 누굽니까?"

"그자?"

"청룡이라던 자 말입니다."

아운의 질문은 전우신 또한 묻고 싶었던 것이다. 나름 무림에 대한 많은 정보를 지니고 있는 그 둘에게도 청룡이라는 이름은 생소한 이름이었다.

단 한 번의 만남.

하지만 그 짧은 만남만으로도 느낄 수 있을 정도로 상대는 엄청난 자였다. 무림에 이런 고수가 알려지지 않은 것이 신기할 정도다.

백호는 잠시 침묵하다 대답했다.

"……오래전부터 이어진 지독한 악연."

백호의 정체를 모르는 이들로서는 오래전부터 이어져 봤자 얼마나 길겠냐 싶었다. 그들로서는 그런 정체불명의 인물과 엮여 있는 백호 또한 여전히 궁금증의 대상이었다.

'대체 모르겠군.'

전우신은 백호를 바라보며 속으로 중얼거렸다.

청룡이라는 자도 궁금했지만, 항상 옆에 있는 백호에 대해서도 의문투성이다. 정말 말도 안 되는 속도로 강해지는 걸 두 눈으로 직접 보고 있지 않은가.

처음엔 자신이 마음먹고 싸운다면 최소 동수는 되지 않을까 생각했다.

하지만 그렇게 생각한 지 고작 몇 달이라는 시간이 지났을 뿐이다. 그런데 이제는 그랬던 생각이 완전히 달라졌다.

필패(必敗).

반드시 질 것이다.

아마 이렇게 생각하고 있는 건 자신뿐만이 아니라 옆에 있는 아운 또한 마찬가지일 게다.

어떻게 사람이 이토록 빠르게 강해질 수 있는지 의아할 뿐이다.

그렇게 전우신이 백호와 청룡에 대한 의문을 가질 때였다. 옆에 서 있던 아운이 아무렇지 않게 말을 내뱉었다.

"근데 그놈 백호님보다 강해 보이던데요?"

아운의 말에 전우신은 살짝 표정을 구기며 고개를 저었다.

'멍청한 놈.'

그리고 이내 전우신이 생각했던 상황이 벌어졌다.

누워 있던 백호가 자리에서 벌떡 일어나며 아운의 목을 졸라 대기 시작한 것이다.

"죽을래, 두건?"

"켁켁!"

백호의 신경에 거슬리는 소리를 하면 저렇게 된다는 것을 왜 아직까지도 모르는지 이해가 안 간다. 전우신은 그런 생각을 하며 혀를 차고는 둘의 모습을 바라만 봤다.

잠깐 동안 아운을 괴롭혀 대던 백호가 이내 분이 풀렸는지 그를 내려놓고는 전우신에게로 시선을 돌렸다.

　이것저것 지식이 많은 전우신이었기에 백호가 모르는 뭔가를 알고 있을지도 모른다.

　백호는 잠시 요력을 어떻게 설명해야 하나 고민하다가 이내 그가 알아듣기 편하게 이야기를 꺼냈다.

　"매화, 음기 같은 거 확 늘리는 방법 없냐?"

　"환단 같은 걸 먹으면 되지 않을까요."

　"그게 뭔데?"

　백호가 묻자 전우신은 잠시 말을 멈췄다.

　엄청난 무공을 지닌 백호가 종종 이런 기본적인 것을 물을 때마다 당황스럽긴 하지만, 전우신은 성심성의껏 설명했다.

　"환단의 예를 들면 소림사의 대환단(大還丹)이 있습니다. 복용하는 것만으로도 일 갑자 이상의 내공을 얻는다는 물건입니다. 이렇게 인위적으로 만든 것 말고도 자연적으로 생성되는 영약들도 좀 있긴 한데…… 왜 음기만 쌓으시려는 겁니까?"

　"강해지려면 그게 좀 필요해서 말이야."

　"내공이 아니라 음기만 필요하다 그 말씀이십니까?"

　"응. 내공인지 뭔지는 이미 충분하거든."

백호는 자신의 내단이 있는 부분을 가리키며 대꾸했다.

지금 백호에게 필요한 것은 요괴로서 뿜어낼 수 있는 힘이다. 사람을 먹지 않는 탓에 미미하게 모이기 시작한 흑련석의 힘을, 다른 형식으로 채우려고 하는 것이다.

만월인 날 가장 쉬이 쌓이는 요력은 음(陰)의 기운을 기본으로 한다. 하지만 만월은 시기가 정해져 있는 법, 그런 것 말고 인위적으로 쌓을 수 있는 방도를 찾고 있었다.

요력이 모자라면 변신 시각도 극도로 짧아지고, 본체로 돌아갔을 때의 위력도 현저하게 떨어진다.

혹시 모를 청룡과의 일전을 대비해 백호는 만반의 준비를 갖추려 하는 것이다.

인간을 먹는다면 간단한 일. 허나 그건 월하린을 위한 방법이 아니다. 그랬기에 백호는 굳이 고생스럽더라도 다른 방법을 통해 최대한 요력을 쌓으려 하고 있었다.

백호가 물었다.

"그 대환단이랑 영약이란 건 어디 가서 구하면 되는데?"

"두 개 다 구하는 건 거의 불가능한 물건입니다. 대환단은 소림사에 있지만 결코 내주지 않고, 영약은…… 저도 모르죠."

"아, 그렇게 복잡한 거 말고 뭐 좀 간단한 거 없어?"

당장에 급한 일인지라 구하는 데 몇 달, 몇 년이 걸리고 하는 건 백호에게 필요 없었다. 백호의 질문에 전우신은 고개를 갸웃했다.

사실 그렇게 효과가 있는 물건이라면 간단히 구하기 어려운 건 당연했다. 하물며 음기를 보충할 만한 것이라면……

"동네 의원에 부탁한다면 음기를 보충할 약 정도는 가능하지 않을까요?"

"약?"

"예. 간단하게 구하실 수 있는 방법이라면 그건 어떨까 싶습니다."

"약은 질색인데."

백호의 미간이 구겨졌다.

다른 거라면 몰라도 쓴맛에는 무척이나 민감한 백호다. 얼마나 쓴맛이 싫으면 나물조차도 먹지 않는 그가 아니던가.

나물의 끝 맛에서 나는 그 미세한 쌉쓰름한 맛조차 싫어하는 백호. 그런 그에게 약을 먹는다는 건 무척이나 큰 결심이 필요한 일이었다.

자리에 주저앉은 백호가 이마를 감싸고 고민에 빠졌다.

빠르게 요력을 회복하기 위해서는 인간의 영혼을 먹거나, 그것이 아니라면 어떤 방법을 써서라도 음기를 채워야만 했다. 허나 인간의 영혼을 먹는 건 월하린을 위해서 피해야 한다.

백호의 머릿속에 월하린과 쓴 약재의 모습들이 번갈아 떠올랐다 사라졌다. 두 개가 마치 줄다리기라도 하는 것처럼 양쪽으로 왔다 갔다 하는 도중에 백호는 두 눈을 확 감았다.

예전이라면 인간 때문에 자신이 싫어하는 걸 한다는 건 상상도 하지 못할 일이었다.

하지만 지금의 백호는 오래전과 아주 많이 달라져 있었다. 짧은 줄다리기 끝에 결국 승자가 정해졌다.

백호가 버럭 소리쳤다.

"에이! 매화! 약방에 가서 한약 좀 잔뜩 지어 와!"

백호의 부탁대로 전우신은 인근 약방으로 가 괜찮은 약재들을 찾았다. 음의 기운을 지니는 수많은 종류의 것들을 모아 따로 탕을 만들어 달라는 부탁에 의원은 처음에 손사래를 쳤다.

말도 안 되는 약재들을 뒤섞겠다는 탓이다.

음기만 가득한 약재들을 모아 만든 이 약은 먹는 것만으로도 신체의 모든 균형이 무너질 정도로 치명적인 독약이 될 수도 있었다.

전우신 또한 마찬가지라 생각했지만 백호는 상관없다는 듯 그에게 말했다.

"음양(陰陽)의 조화 이딴 거 아무 상관없어. 그냥 최대한 독하게 만들어 와."

전우신은 걱정이 되었지만 백호의 정체를 아는 월하린이 그를 믿어 보자고 한 터라 우선은 그 말도 안 되는 명령을 따를 수밖에 없었다.

의원에게 상관없다는 말을 거듭해서야 만들어 온 약재를 달인 물을 앞에 두고 백호가 표정을 찡그리고 있었다.

월하린과 단둘이 있는 방 안에 약 냄새가 진동했다. 그녀는 약재에 손도 안 대고 있는 백호를 보며 물었다.

"왜 그래요?"

"아니, 다른 게 아니라……."

백호가 손으로 코를 막으며 괴로운 표정을 지어 보였다. 애초부터 지독한 냄새가 날 거라는 건 알았지만 이건 생각보다 더하다.

월하린이 다쳤을 때 몇 번이고 달인 약들을 가져왔던 백호지만, 자신이 먹는 것과 그건 상황이 조금 달랐다.

막상 이 지독한 냄새가 나는 것을 자신이 먹어야 된다고 생각하니 백호는 죽을 기분인 모양이다.

백호가 힘겹게 약이 든 사발을 들어 올렸지만 쉽사리 입을 대지 못하고 망설이고 있었다. 어린아이 같은 백호의 모습에 옆에서 보고 있던 월하린이 손바닥을 마주쳤다.

"아! 약을 안 쓰게 먹는 방법이 있어요."

"그런 방법이 있다고?"

백호가 얼굴에 화색을 띠며 물었다. 그러자 월하린이 고개를 끄덕이고는 이내 백호의 반대편 손에 쥐여 있는 당과 주머니를 빼앗듯이 가져왔다.

월하린에게 당과를 빼앗긴 백호가 왜 그러냐는 듯 물었다.

"그건 왜 뺏어 가?"

"답이 이거거든요."

"그거라니?"

"약을 이렇게 훅 마셔 버리고 바로 달달한 당과 하나를 입에 넣어 봐요. 쓴 맛이 확 가실걸요."

월하린이 말을 끝내기가 무섭게 안에 든 당과 하나를 꺼내어 들었다. 백호는 월하린 손에 들린 당과와 사발을 번갈아 바라보다가 이내 눈을 질끈 감고는 약을 입 안에 털어 넣었다.

역한 냄새와 함께 쓰디쓴 약재가 목구멍을 타고 넘어갔다.

"으악!"

백호가 당장이라도 뛰쳐나갈 것처럼 자리에서 일어나 방방 날뛰었다. 그런 그를 향해 월하린이 황급히 손에 들고 있던 당과를 들이밀었다.

　"백호! 여기……."

　날름.

　받아서 먹으라고 내민 당과였거늘, 백호는 아무렇지 않게 그녀의 손에 들린 당과를 입으로 받아먹었다. 백호의 그런 행동에 당과를 들고 있던 월하린의 얼굴이 새빨갛게 달아올랐다.

　안다.

　인간이 아닌 요괴다 보니 이런 기본적인 부분에서 이 같은 일을 벌이는 경우가 종종 있다는 것 정도는. 허나 알면서도 월하린은 매번 심장이 두근거리는 걸 어찌하기 어려웠다.

　그런 월하린의 심정도 모르고 백호는 입 안에 든 당과를 혀로 굴리다가 표정을 밝혔다.

　"오, 정말 쓴맛이 거짓말처럼 사라지는데?"

　신나 하는 백호와 다르게 월하린은 놀란 감정을 추스르기 바빴다. 백호는 아무것도 모른 채로 연신 놀랍다는 듯이 감탄성을 토해 냈다.

　"만병통치약이라니까 정말. 멀미에도 좋고, 쓴맛도 없앨 수 있고. 대단해."

"……"

당과를 먹은 후 쓴맛이 사라졌다며 좋아하는 백호를 월하린이 아무런 말도 하지 못한 채 바라보고 있을 때였다.

당과를 집어삼킨 백호가 휙 하니 장포를 펄럭이며 자리에 주저앉았다. 그런 그의 모습에 월하린이 퍼뜩 정신을 차렸다.

가부좌를 튼 백호가 천천히 눈을 감고 몸 안의 기운을 감지했다.

아주 잠깐 동안 약을 통해 몸으로 들어온 음의 기운을 느껴보던 백호가 눈을 치켜떴다. 백호를 바라보고 있던 월하린이 물었다.

"어때요? 효과는 좀 있어요?"

"있다면 있고…… 없다면 없고."

"그게 무슨 말이에요?"

"아주 미미하다 그 말이지."

백호가 입맛을 다셨다.

인간의 영혼을 통해 가질 수 있는 힘에 비한다면 너무나 작다. 그래도 안 먹는 것보다는 조금이나마 도움이 되는 것 같긴 하지만 그걸 위해 감당해야 할 고통이 너무나 크다.

그나마 당과가 있어서 어찌 넘기긴 했지만 백호는 입 안에 남아 있는 쓴맛의 여운에 몸을 가볍게 떨었다.

"으, 이걸 계속해서 먹을 생각을 하니 끔찍하네."

백호가 사발을 힐끔 쳐다보고는 고개를 저었다.

보통 사람들에게는 별일 아닐 수도 있는 일이지만 백호에게는 무척이나 고달픈 일이었다.

침상에 걸터앉은 백호 옆으로 다가온 월하린이 그에게 물었다.

"평소에 그렇게나 싫어하는 쓴 걸 먹는 건 역시 저 때문이죠?"

월하린이 조심스럽게 말을 걸었고 백호는 옆에 앉아 있는 그녀를 물끄러미 바라만 봤다. 그리고 그런 그를 향해 월하린이 미안하다는 듯이 말했다.

"괜히 저 때문에 백호 당신이……."

"아아, 쓸데없는 소리 하긴. 내가 결정한 거야. 그러니 네가 걱정할 건 아무것도 없거든?"

말을 마친 백호는 자신의 옆에 앉아 있는 월하린의 무릎에 아무렇지 않게 고개를 올렸다. 무릎을 베고 누운 백호가 그녀를 올려다보며 히죽 웃었다.

"그러니 넌 그냥 약 먹을 때 필요한 당과나 넉넉히 준비해 둬."

"……그 정도는 얼마든지요."

무릎을 베는 백호의 행동에 잠시 가라앉았던 심장이 다시금 빠르게 뛰기 시작했다. 월하린은 그런 자신의 모습을 감추기 위해 황급히 화제를 돌렸다.

"그런데 요괴들끼리 사이 안 좋아 보이던데 맞아요?"

"응, 최악이야."

"그렇게 웃으면서 할 말은 아닌 것 같은데요."

"최악이니까 최악이라 그러지."

웃으며 최악이라는 말을 내뱉는 백호를 보며 월하린은 자신도 모르게 실소를 흘렸다.

백호가 그런 그녀를 올려다보며 길게 하품을 했다.

"하암, 편하니 졸리다."

"설마 이러고 자려고요?"

"뭐 문제 될 거 있나?"

"아뇨, 뭐 그런 건 없는데……."

"원한다면 머리 정도는 쓰다듬어도 좋아."

선심 쓰는 듯이 말하는 백호를 향해 월하린이 어처구니 없다는 듯이 받아쳤다.

"머리 만져 주는 걸 좋아하는 거 아니고요?"

"아, 진짜 아니라니까."

강하게 부정하면서도 백호는 월하린이 자신의 머리카락

을 쓰다듬기 시작하자 천천히 눈을 감았다. 그 상태로 백호는 금세 잠에 빠져 들었다.

그 누가 봐도 연인을 연상케 할 정도로 다정한 모습. 하지만 백호의 머리카락을 쓰다듬는 월하린의 표정은 무척이나 복잡했다.

'정신 차려, 월하린. 백호한테는 이런 행동 하나하나가 아무런 의미가 없다는 거 알잖아?'

백호의 행동에 의미를 부여하는 것 자체가 무의미한 일이다. 백호는 요괴, 인간과는 기본적인 생각부터가 달랐다. 자신을 두근거리게 만드는 이런 일도 그에게는 아무런 것도 아닐 수도 있다는 말이다.

지금이야 어떨지 모르겠지만 십 년, 이십 년이 지난다면 어떨까?

무공을 익힌 월하린이니 노화 속도가 느리긴 하겠지만 결국 그녀는 늙을 것이고, 백호는 여전히 이 모습 그대로 살아가고 있을 게 분명했다.

과연 그때도 많은 이들이 자신 둘을 보면서 연인 같다 느낄까?

아니, 아닐 것이다.

그러한 사실을 다시금 떠올리자 월하린은 왠지 모르게 기분이 울적해졌다.

늙어가는 인간과 늙지 않는 요괴.

그 말도 안 되는 차이만큼이나 둘은 많은 것이 다르다.

월하린은 고개를 저었다.

나중 일을 지금 고민해서 무엇하랴. 중요한 것은 지금 이 사내가 자신의 옆에 있어 주고, 자신을 위해 그토록 싫어하는 쓰디쓴 약도 먹어 주고 있다는 것이 아니던가.

월하린은 천천히 백호의 새하얀 머릿결을 쓰다듬었다.

*　　*　　*

"청노(靑老), 아직 멀었습니까?"

사내의 목소리는 밝았다.

수십 명의 무인들의 호위를 받으며 움직이는 그는 무척이나 깨끗한 느낌을 풍기는 사내였다. 키는 육 척 정도에, 얼굴 또한 준수하다.

깔끔하게 정리된 머리를 단정하게 하나로 묶은 그의 옆에는 늙은 노인 하나가 자리했다.

청노라 불리는 그는 파란색 옷을 걸치고 있었다.

보통 키에 평범해 보이는 인상이었지만, 어느 정도 무공을 익힌 자라면 이 노인이 얼마나 대단한 고수인지 능히 짐작할 수 있을 정도였다.

편안한 듯 서 있지만 빈틈없는 모습.

이 청노라는 노인은 다름 아닌 젊은 사내의 호위무사였다.

청노가 입을 열었다.

"곧 도착할 수 있을 겁니다, 소문주."

"하하, 이거 떨리는군요."

사내는 두 손을 비비며 활짝 웃었다.

사내의 이름은 서원룡(栖源龍), 다름 아닌 해남파의 소문주였다. 이 사내뿐만이 아니다. 청노나, 여타의 다른 이들 모두 이곳 섬서성과는 거리가 먼 남쪽 끝자락에 있는 해남도에서 온 이들이었다.

해남파는 남쪽에 위치한 해남도에 위치한 문파로, 예로부터 무림에 적지 않은 영향력을 지닌 자들이다.

구파일방의 하나는 아니지만, 그들에 비해 크게 모자라지 않은 힘을 지니고 있고 정파라고 하기에는 무공이 다소 괴이하면서도 잔인한 면이 없잖아 있다.

그런 특징 때문에 무림에서는 크게 환영받지 못하는 손님이긴 하나, 그들의 영향권인 해남도에서 만큼은 황제도 부럽지 않을 권력을 휘두르는 이들이기도 했다.

그런 그들이 거의 반대쪽에 있다 해도 과언이 아닐 섬서성까지 왔다. 그리고 그 무리를 이끄는 건 다름 아닌 소문주 서원룡.

쉽사리 해남도를 나서지 않는 이들에게 이 같은 일은 무척이나 드물었다.

서원룡의 옆에 선 청노가 말했다.

"떨리십니까?"

"그럼요. 청노가 제 목숨을 처음 구해 준 게 여덟 살 때였나요? 살수를 만나 죽을 뻔했던 그때처럼 떨립니다."

"그때는 소문주님보다야 제가 더 떨렸죠. 소문주님에게 혹시 변고라도 있으셨다면 제 목이 남아났겠습니까? 다 저 살자고 지켜 드린 겁니다."

"하하!"

청노의 말에 서원룡은 웃었다.

원래 서글서글한 성격이기도 했지만 다른 이도 아닌 청노다. 해남파 내에서 서원룡이 가장 믿는 인물이면서 또 오랜 시간 함께해 온 벗과도 같은 사이.

소문주와 호위무사의 사이고, 나이 또한 엄청날 정도로 큰 차이가 있지만 둘 사이에는 끈끈한 정이 있었다.

청노는 언제나 서원룡을 챙겼고, 수십 번이 넘게 그를 구해 냈다.

어릴 적 있었던 해남도 내부의 권력 다툼에서 서원룡이 이토록 장성할 수 있었던 건 다름 아닌 청노의 도움 덕분이다.

청노의 전신에 있는 수많은 상처 중 대부분이 그를 구하다가 난 것이라 해도 될 정도니, 어찌 그의 이런 자그마한 장난에 기분 나쁠 리가 있겠는가.

이토록 절친한 사이임에도 불구하고 청노는 서원룡을 향한 예의를 항상 잃지 않았다.

자주 장난스러운 말투로 서원룡의 말을 받아치긴 했지만, 그렇다고 해서 그를 누구 앞에서 얕보이게 만든 적은 결단코 없었다.

아니, 오히려 그런 자가 있다면 결코 참지 않을 이가 청노다.

해남파의 복식을 한 무리와 함께 이들이 들어선 곳은 섬서성에서도 백하궁이 위치한 합양이었다.

청노가 지나다니는 이들의 행색을 가볍게 훑었다.

"중원도 많이 변했군요."

"그런가요?"

"쯧쯧, 저 옷차림들 보시지요. 저게 옷인지 천 쪼가리를 걸친 것인지."

다소 야하게 옷을 차려입은 여인을 보며 청노가 고개를 절레절레 저었다. 그런 그를 보며 서원룡이 웃으며 받아쳤다.

"청노도 다 늙으셨나 봅니다. 고리타분한 소리나 해 대시고 말이지요."

"허허, 소문주님이 아직 젊으셔서 잘 모르는 겁니다. 예로부터 여인은 단아해야 가장 아름다운 법인 거 모르십니까?"

"글쎄요. 전 요즘 사람이라 잘 모르겠군요."

"허! 거참, 저나 소문주님이나 같은 섬 촌놈이면서 왜 이러십니까?"

코웃음을 치던 청노의 시선에 이내 하나의 현판이 들어왔다.

백하궁(白荷宮)

그 현판을 확인한 청노가 중얼거렸다.

"저기 계신 그분께서는 제발 단아하신 분이면 좋겠군요."

"그게 그렇게 중요합니까?"

"물론이지요! 저기 계신 궁주님은 당연히 그래야지요."

청노가 크게 반응하고는 이내 천천히 말을 이었다.

"그분은 소문주님의 약혼녀이시니까요."

제5장. 가약(佳約)
― 해남에서 왔습니다

　아운이 화가 났는지 길 위에서 발을 동동 구르고 있었다.

　그 이유는 간단했다.

　"으으, 날 버리고 밥을 먹으러 갔단 말이지?"

　아운이 잠시 자리를 비운 틈에 그새를 못 참고 나머지 세 사람이 모습을 감췄다. 처음에는 궁 내부에 있나 돌아봤지만 그들은 그림자조차 보이지 않았다.

　혹시나 하는 마음에 입구로 가서 경비를 서고 있는 무인들에게 물어봤다.

　그리고 그들을 통해 반 시진 전쯤에 백호 일행이 이곳을 나갔다는 사실을 알게 된 것이다. 아운은 분하다는 듯 이를 갈았다.

분명 이 모든 것은 전우신 그놈의 소행일 게다.

'치사하게 사내새끼가 좀 놀렸다고 삐치긴.'

오늘도 언제나처럼 꽃을 손질하는 전우신을 보며 놀려 댔거늘, 그 일에 분을 품고 자신이 없는 틈을 이용해 밥을 먹으러 바깥으로 나간 게 분명했다.

'망할 놈, 처음엔 안 그러더니만 이제 대놓고 얍삽해졌네.'

예전이라면 이런 식의 복수는 상상도 못 했을 전우신이지만 그 또한 이곳 백하궁에 있으면서 많이 변한 모양이다. 이런 방법으로 아운에게 복수를 하는 것을 보면.

아운은 불만스레 땅바닥에 박혀 있는 돌을 괜히 발로 툭툭 걷어찼다. 그가 아래를 보고 서서히 걸음을 옮기고 있을 때였다.

"아운님!"

뒤쪽에서 들려온 목소리에 아운이 고개를 돌렸다.

황급히 다가오는 건 다름 아닌 방금 전까지 문을 지키고 있던 수문위사였다. 젊은 무인이 다가오자 아운이 퉁명스럽게 말했다.

"왜? 밥 먹으러 갔던 사람들이라도 돌아왔냐?"

"그, 그게 아니라."

"에이, 그게 아냐? 쳇."

아운은 관심 없다는 듯 다시금 몸을 돌렸다. 그러자 무인이 황급히 그를 향해 소리쳤다.

"해남에서 사람이 왔습니다!"

"해남? 누구?"

"해남파 소문주라고 하던데요."

"소문주나 되는 작자가 여긴 왜 왔대? 그 머나먼 곳에서?"

아운이 실눈을 한 채로 고개를 갸웃했다.

해남파는 이곳 섬서성과 멀어도 너무 멀다. 딱히 얽혀 있는 것도 없는 해남파가 이곳 섬서성에 있는 백하궁에까지 찾아왔다는 사실에 아운은 선뜻 이해가 가지 않았다.

하물며 찾아온 자가 해남파의 소문주라니.

'해남파 소문주라면…… 서원룡인가?'

무림에 거의 모습을 드러내지 않는 해남파라고는 하지만, 그 사내의 이름은 제법 알려진 편이다. 젊은 고수로 해남파뿐만이 아니라 해남도 내에서도 촉망받는 신진고수기도 하다.

무인이 조심스레 말했다.

"가 보셔야 하지 않을까요?"

"내가 왜? 그건 총관님 업무 아냐?"

"모르십니까? 오늘 총관님께서는 휴가를 받지 않으셨습니까. 그러니 지금 백하궁에 계신 분이라고 해 봤자⋯⋯."

말을 내뱉으며 무인이 힐끔 아운을 바라봤다. 원래 이런 일은 총관인 진가문을 통해 처리되는 게 일반적이다. 그랬지만 오늘은 조금 달랐다.

하필이면 오늘 아들 때문에 휴가를 얻은 진가문이다. 진가문도 자리에 없고, 그다음에 이런 대외적인 활동을 할 만한 것이 전우신. 그렇지만 이미 그는 다른 이들과 함께 밥을 먹으러 백하궁을 비웠다는 걸 확인한 직후였다.

아운이 머리를 긁적거렸다.

그런 그의 모습을 보며 사내가 물었다.

"아니면 안에 연락을 취해 다른 분께 안내하라고 말씀드릴까요?"

"아니, 그럴 건 없고."

기분도 썩 별로고 귀찮기도 했지만 어차피 총관도 없는 마당에 이 일은 돌고 돌아 결국 위쪽으로 올라올 게 자명하다. 몰랐다면 모를까 안 이상 차라리 직접 해결 보는 편이 빠를지도 모르겠다.

아운이 퉁명스레 말했다.

"가 보자."

아운은 자신을 쫓아온 무인과 함께 빠른 걸음으로 왔던 길을 되돌아갔다.

도착한 입구에는 기다리고 있는 그들이 있었다.

'호오, 바로 저자로군.'

아운은 단번에 서원룡을 알아봤다. 소문처럼 무척이나 정갈해 보이는 외모의 소유자. 서원룡을 곁눈질로 살피던 아운이 갑작스럽게 자신을 향하는 날카로운 기운을 눈치채고는 화들짝 정신을 차렸다.

그 기운은 다름 아닌 서원룡의 옆에서 느껴졌다.

아운의 시선이 향한 곳에 있는 것은 다름 아닌 서원룡의 호위무사 청노였다.

아무렇지 않게 자신을 바라만 보았을 뿐이다.

그런데 그 시선에서 느껴지는 강렬함에 아운은 일순 마른침을 삼켰다.

'고수다.'

백호가 싸워서 이겼던 십구천존의 일인인 천지멸사에게서나 느껴질 법한 기도. 이런 기운을 풍기는 노인이거늘 아운은 상대의 정체조차 알지 못했다.

얼굴에 서려 있던 장난기가 걷혔지만 아운은 언제나와 마찬가지로 실눈을 한 채 웃으며 다가갔다.

"해남파에서 오셨다고요?"

"아, 그렇습니다."

"아운이라 합니다."

"서원룡입니다. 아운 소협이시라면 혹시 흑천련 소속이신……."

"소속이었던 아운 맞습니다. 다 옛날이야기고 지금은 보시다시피 이렇게 백하궁 문지기 노릇이나 하고 있죠."

이제는 아니라는 것처럼 말하는 아운을 보며 서원룡은 뜻 모를 미소를 한 번 흘려 보였다. 비록 무림의 일에 크게 관여는 하지 않고 있다 하지만 흘러가는 정세조차 모르지는 않는다.

정파와 사파 모두 월하린이 서로에게 넘어가지 않도록 하기 위해 손을 써 두었다는 것 정도는.

"그런데 옆에 계신 노인분은 누구십니까?"

아운이 묻자 서원룡의 옆에 서 있던 청노가 나서서 자신의 정체를 밝혔다.

"별거 없는 노인입니다. 그냥 편하게 청노라고 부르시면 됩니다."

청노는 아운을 향해 공손하게 말했다.

나이 차가 많이 나는 상대에게 극존대를 듣자 아운이 살짝 불편하다는 듯이 빼며 물었다.

"저보다 선배님이신 것 같은데 왜 이렇게 존대를 하십니까?"

"전 일개 평범한 호위무사일 뿐이니까요."

"호위무사라고요?"

아운이 서원룡을 바라보며 저 말이 맞냐는 듯한 시선을 보냈다. 그냥 단순한 호위무사라고 하기에는 그 실력이 너무나 뛰어나 보인 탓이다.

"맞습니다. 제 호위무사십니다."

"흐음, 사실인가 보군요. 하지만 그건 동조하지 못하겠는데요."

"뭘 말입니까?"

"평범하다는 거요. 절대 안 평범해 보이는 호위무사라고 생각해 두도록 하죠."

"저도 그렇게 생각합니다."

서원룡이 씨익 웃으며 대답했다.

중원에 알려지지만 않았을 뿐 청노의 무공 실력은 해남파뿐만이 아니라 해남도 내에서도 그 적수를 찾기 어려울 정도다.

짧은 만남에서 청노의 본모습을 알아차리는 걸 보면 저 아운이라는 자 또한 보통 인물은 아닐 거라는 생각이 들었다.

통성명을 마치자 아운이 슬쩍 그들의 행색을 살피고는

물었다.

"그런데 해남파라면 이곳까지 오는 데 적지 않은 시간이 걸리셨을 것 같은데요."

"물론이죠. 정확히 기억이 안 나지만 한 달 이상은 걸린 것 같습니다. 무더운 여름이 시작할 때 출발했었는데 벌써 가을이 되었을 정도니까요."

"아무래도 거리가 거리다 보니 그 정도는 걸리셨겠죠. 헌데 어디 가시다가 이곳에 들르신 모양인데⋯⋯."

"아뇨. 애초부터 이곳이 목적지였습니다."

"백하궁에 오려고 그 먼 해남도에서 이곳까지 왔다고요?"

"예. 뭐 문제라도 있습니까?"

당연하다는 듯 되묻는 서원룡을 보며 아운은 선뜻 입이 떨어지지 않았다. 잠시 침묵하던 아운이 혹시나 하는 표정으로 물었다.

"음, 해남파의 소문주께서 오신다는 말을 제가 못 들은 걸까요, 아니면⋯⋯ 불청객인 겁니까?"

"후자가 맞다고 보시면 되겠군요. 제가 오는 걸 알지 못하셨을 테니까요."

아운은 아리송한 표정을 지어 보였다.

대체 이곳에 무슨 볼일이 있는 건지 감조차 오지 않았

다.

"실례가 아니라면 이곳에 왜 오셨는지 물어봐도 됩니까?"

아운의 질문에 서원룡 또한 감출 일이 아니라 생각했는지 대수롭지 않게 답했다.

"약혼녀가 이곳에 있어서요."

"그래요? 누구요?"

"궁주님이십니다."

"예?"

"이곳 궁주님이시라고요."

서원룡의 대답에 아운은 놀란 듯 멍하니 서 있을 수밖에 없었다. 사실 이곳에 해남과 소문주의 약혼녀일 법한 사람이 월하린 그녀 말고 없다는 건 어찌 보면 당연한 일이다.

최소한 서원룡과 급이 맞을 여인은 그녀밖에 없으니까.

허나 서원룡이라는 존재에 대해 그는 월하린에게서 전혀 듣지 못했다. 그랬기에 아운은 놀란 채 쉽사리 말을 잇지 못했다.

멀뚱히 서 있기만 하자 기다리기 뭐했는지 서원룡이 먼저 말을 걸었다.

"이곳에 계속 서 있어야 합니까?"

"아, 이런. 우선 안으로 모시죠."

"그보다 먼저 월 소저를 만나 뵙고 싶은데요."

"그건 좀 기다리셔야 할 것 같은데요. 지금 이곳에 안 계셔서요."

내심 월하린을 보고 싶었던 서원룡은 그녀가 이곳에 없다는 말에 아쉽다는 듯이 중얼거렸다.

"급한 용무가 있으셔서 나가셨나 보군요."

그런 서원룡의 중얼거림에 아운이 뒷머리를 긁적거리며 대꾸했다.

"그게…… 저 버리고 다들 밥 먹으러 갔는데요."

"예?"

아운의 말에 서원룡뿐만이 아니라 뒤편에 서 있던 청노 또한 당황스러운 표정을 감출 수가 없었다.

백호는 기분이 좋았다.

새로 들어왔다는 당과가 썩 마음에 든 탓이다. 입에 쉬지 않고 당과를 물고 있는 백호는 연신 히죽히죽 웃어 대며 길거리를 걸었다.

그런 그의 옆에는 월하린과 전우신이 자리했다.

식사를 마치고 돌아오는 길, 월하린이 신경이 쓰였는지 옆에 있는 전우신을 향해 물었다.

"아운 소협도 데리고 올 걸 그랬나 봐요."

"괜찮습니다, 그놈은."

"서운해하실 것 같은데……."

"그래도 쌉니다. 남의 취미 가지고 꽃꽂이니 뭐니 하면서 놀려 대는 놈에게 이 정도는 약과죠."

투덜거리는 전우신을 보며 월하린은 어색하게 웃어 보였다. 차마 입으로 꺼내지는 않았지만 지금 모습에서 왠지 모르게 아운의 잔영이 느껴진다고 말한다면 전우신은 어떠한 표정을 지어 보일까.

분명 절대 아니라며 길길이 날뛸 것을 알기에 월하린은 아무런 말도 하지 않았다.

그렇게 세 명이 나란히 백하궁을 향해 돌아가고 있을 때였다.

멀리서 너무나 낯익은 한 사내가 헐레벌떡 달려오고 있었다. 그의 정체는 다름 아닌 아운이었다.

"호랑이도 제 말하면 온다더니."

전우신이 중얼거렸다.

뭔가 다급한 표정으로 달려온 아운이 막 일행 앞에 도착했을 때다. 자신들이 있는 곳을 찾아온 아운이 놀라웠는지 월하린이 물었다.

"어? 어떻게 알고 찾아오셨어요?"

월하린의 질문에 아운이 잠시 숨을 돌리며 그야 당연하

지 않냐는 듯이 답했다.

"당과 가게가 이쪽에 있으니까요."

"아······."

그 한마디에 묘하게 월하린은 동조한다는 듯 고개를 끄덕였다.

그런 두 사람의 대화를 듣고 있던 전우신이 어이없다는 듯이 물었다.

"겨우 밥 한 번 빼고 먹었다고 이렇게 화 나 가지고 급히 달려오냐?"

"이 멍청아, 내가 겨우 그런 일로 조금이라도 동요했을 것 같냐?"

방금 전까지만 해도 자기만 빼놓고 나갔다며 투덜거리던 아운이 전혀 그런 적 없다는 듯이 전우신의 말을 받아쳤다.

잠시 전우신과 투덜거리던 아운은 이내 자신이 이곳에 온 목적을 기억해 냈다.

"아 참, 이곳에 온 게 저놈하고 싸우려 온 게 아닌데. 궁주님, 손님이 찾아오셨는데 그게 좀······."

"누가 찾아왔기에 그래요?"

"해남파의 소문주랍니다."

말을 내뱉은 아운이 월하린의 눈치를 살폈다.

그녀의 약혼자라고 나타난 자였기에 뭔가 특별한 반응을 기대했다. 허나…….

"왜요?"

월하린이 두 눈을 동그랗게 뜨고 되물었다.

그러자 당황한 건 아운이었다.

"그야 그분이…… 궁주님의 약혼자시니까 찾아오신 거 아닐까요?"

"네?"

아운의 말에 월하린이 당황한 듯이 되물었고, 기분 좋게 웃으며 당과를 먹고 있던 백호의 표정이 갑자기 굳었다.

월하린이 놀란 듯이 되물었다.

"제 약혼자라뇨?"

"궁주님도 모르십니까?"

"당연하죠. 전 그런 이야기는 처음 듣는데……."

월하린이 약혼녀라며 찾아온 서원룡과는 다르게, 그녀는 이런 일에 대해 처음 듣는 모양이었다.

생각지도 못한 일에 월하린이 고개를 끄덕였다.

"무슨 일인지 아직 잘 모르겠지만 우선 가 보죠."

말을 마친 월하린이 빠르게 걸음을 옮겼다. 그리고 그런 그녀를 다른 두 사람 또한 뒤쫓았다.

유일하게 뒤쪽에 남은 한 명, 백호가 입 안에서 당과를 꺼내며 표정을 잔뜩 찡그렸다.

방금 전까지 하늘을 날 것만 같았던 기분이 급속도로 처지기 시작했다. 그 맛있던 당과가 갑자기 입 안에 든 돌멩이같이 딱딱하기만 하다.

백호는 기분이 나빴다.

월련각(月連閣).

이곳은 백하궁을 찾는 손님 중 특급 귀빈들만 모시는 곳이다. 그만큼 경치도 빼어나고, 또 조용한 곳에 위치해 있는 장원으로 백하궁 내부에 있는 최고의 장소기도 했다.

동행했던 해남파 무인들도 모두 짐을 풀고 휴식을 취하는 시각, 서원룡이 연못이 있는 앞뜰로 나와 가만히 찻잔을 기울이고 있었다.

그런 그의 옆에는 언제나처럼 청노가 자리했다.

"좋군요. 운치가 있는 곳 같습니다."

"급히 만들어진 문파라 들었는데 생각보다 제법인 것 같군요."

가볍게 찻잔을 홀짝이는 서원룡과는 달리 청노는 묵묵히 옆에 서 있을 뿐이었다. 청노에게 차를 권할 법도 하련만 서원룡은 별다른 말없이 비어 버린 자신의 찻잔에만 다시금 차를 채웠다.

이미 청노에 대해 잘 아는 탓이다.

그에게 차를 권한다 해도 마시지 않을 게 분명하다.

서원룡을 호위하는 그는 결코 검이 아닌 다른 물건을 쉬이 손에 쥐지 않는다. 혹시나 모를 일이 벌어졌을 때, 한 손을 쓰지 못한다는 건 큰 위험이 될지도 모른다는 자신만의 철학 때문이다.

처음엔 몇 번이고 권했던 서원룡도 십수 년이 흐르며 이제는 그런 청노의 행동이 자연스럽게 느껴졌다. 그리고 그런 잘 벼려진 칼 같은 청노의 모습이 있었기에 더욱 그를 믿을 수 있는 것일지도 모르겠다.

문득 그런 생각이 난 탓인지 서원룡이 찻잔을 입가에 가져다 대며 중얼거렸다.

"청노는 호위무사가 아니셨으면 뭘 하셨을까요."

"갑자기 그런 건 왜 묻습니까? 심심하십니까? 아니면 뭐 약혼녀를 뵙기 전이라 심장이 막 두근두근하고 그래서 그러시는 겁니까."

"그것도 그런데 그보다 그냥…… 문득 호위무사가 아닌 청노의 모습을 생각해 봤는데 아무것도 떠오르는 게 없어서요."

"흐음."

서원룡의 질문에 잠시 생각하던 청노가 이내 입을 열었

다.

"살수가 되지 않았을까요?"

"살수요?"

전혀 생각지도 못한 대답에 서원룡이 웃으며 되물었다.

"왜 하필 살수십니까? 정반대 같은데."

"지키는 것과 죽이는 것. 완전히 다른 것 같지만 어떻게 보면 한 끗 차이입니다. 잘 지킬 수 있다는 건 어쩌면 잘 죽일 수 있다는 말과도 같으니까요."

"일리가 있군요."

인정한다는 듯 서원룡은 고개를 끄덕였다.

청노의 말을 인정은 하지만 그런 그의 모습이 쉬이 그려지지는 않는다. 오래전부터 해남파의 인물들을 지켜 오던 청노가 살수라니.

또 한편으로는 무섭다.

청노가 살수였다면 과연 그의 손에서 살아 나갈 수 있는 자가 얼마나 됐을까? 집요하고 치밀하며, 무공 또한 뛰어나다.

어쩌면 무림의 전설적인 살수가 되었을지도 모르겠다.

생각이 거기까지 미치자 서원룡은 안도의 한숨을 내쉬며 말했다.

"다행이군요. 청노가 살수였다면…… 휴, 끔찍합니다.

표적이 된다면 사는 걸 포기해야겠군요."

"뭐, 무림인들이 운이 좋았죠. 저 같은 자가 살수가 되지 않았으니까요."

서원룡의 말에 청노가 장난스럽게 받아쳤다.

하지만 그 농담이 농담으로만 들리지 않을 정도로 청노는 뛰어난 자다. 일개 호위무사로 중원에 이름 또한 알려지지 않았다 하지만 그는 십구천존들과 비교해도 결코 모자라지 않았다.

도란도란 이야기를 나누던 중 청노가 갑자기 다소 편안하게 있던 자세를 바꾸며 말했다.

"누군가 옵니다."

그 말에 서원룡이 들고 있던 찻잔을 조용히 내려놓았다. 그리고 때 맞춰 월련각 입구의 문이 열리며 일련의 무리가 모습을 드러냈다.

백호와 함께 나란히 모습을 드러낸 월하린의 시선이 서원룡에게 향했다.

월하린을 본 서원룡이 환하게 웃었다.

옆에 있던 청노가 힐끔 그녀를 확인하고는 맘에 들었는지 슬며시 고개를 끄덕였다. 사람의 눈을 확 잡아끄는 아름다운 외모도 그렇지만, 알게 모르게 풍기는 그 기품이 맘에 든다.

'괜찮군. 저 정도라면 소문주님의 짝으로 부족함이 없을 터.'

월하린이 다가왔다.

"백하궁 궁주 월하린이라고 해요. 해남파에서 오셨다고……."

"예, 드디어 뵙게 되는군요."

"죄송한데 제가 이상한 소리를 들어서요. 약혼자라고 하시면서 찾아오셨다던데 맞나요?"

월하린의 말투에는 당혹감이 서려 있었다.

본인조차 모르는 약혼자가 어디에 있단 말인가. 그런 그녀의 질문에 서원룡이 고개를 끄덕였다.

이 상황이 선뜻 이해가 안 가는지 월하린이 머뭇거릴 때였다.

"아름다우시군요."

"네?"

"소문으로만 들었는데 정말 아름다우신 것 같습니다. 당신을 보고 싶었습니다."

말을 마친 서원룡이 앞으로 걸어 나와 손을 뻗었다. 그의 손이 월하린의 손을 잡으려 할 때였다. 처음으로 대면한 서원룡을 바라만 보고 있던 백호가 움직였다.

휘익.

재빠르게 옆으로 다가온 백호가 서원룡의 손을 툭 하고 쳐 버렸다. 갑작스러운 상황에 서원룡이 백호에게 시선을 돌렸고, 월하린 또한 옆에 있는 백호를 올려다봤다.

모두의 시선이 백호에게 쏠렸다.

평소 주변의 시선 따위에 아랑곳하지 않는 백호지만, 이번 일에서 만큼은 자신도 모르게 변명을 둘러댔다.

"아, 그게…… 모르는 사람이 갑자기 막 손대고 그러는 건 예의가 아니지 않나?"

"그렇군요. 이거 실례했습니다. 너무 반가운 나머지 무례를 범한 것 같군요."

서원룡은 황급히 사과를 했다.

하지만 그의 뒤편에 서 있던 청노는 조금 달랐다. 청노의 시선은 백호에게 박혀 있었다.

'……움직이는 걸 감지하지 못했다.'

가까운 거리였다고는 하지만 자신이 채 눈치도 채기 전에 백호는 서원룡에게 다가온 상태였다. 만약 저자가 살수였다면?

청노의 표정이 딱딱하게 굳었다.

손을 쳐 낼 정도로 가까운 거리까지 순식간에 다가올 수 있는 자다. 청노가 긴장의 끈을 더욱 조일 때였다.

"저희 초면 아닌가요?"

"네, 맞습니다."

"그런데 약혼자라뇨? 솔직히 말해 전혀 듣지 못한 이야기거든요. 어떻게 본인도 모르는 약혼자가 있을 수 있겠어요?"

"모르시는 게 당연합니다. 저와 궁주님의 약혼에 대해 약속을 한 건 월 대협이셨으니까요."

"……아버지가요?"

"예, 아주 오래전에 그분이 저희 아버님과 약조를 하셨답니다. 서로 자식들의 연을 이어 주자고."

그 말을 듣자 월하린은 오래전에 몇 번이고 아버지가 했던 말이 떠올랐다. 월하린이 열 살이 갓 넘었을 정도로 어렸을 때다.

　　—네 배필은 아비가 정해 뒀단다. 그래도 시집간
　　다고 아비를 잊으면 안 된다!

이후에도 몇 번이고 비슷한 말을 했지만 월하린은 그 말을 중요하게 듣지 않았다. 어린 나이였기에 그저 월천후가 장난으로 하는 말일 거라 생각했다. 그런데 그 장난이라 생각했던 당사자가 지금 눈앞에 나타난 것이다.

서원룡이 말을 이었다.

"전 어릴 때부터 귀에 딱지가 질 정도로 궁주님에 대해 들었습니다. 그래서 한 번도 보지 못한 궁주님이시지만 오랜 시간 동안 제 마음에 당신을 품고 있었습니다."

흔들림 없이 월하린을 바라보며 서원룡은 자신의 마음을 말했다.

그런 그의 모습에 월하린은 당황했다.

그녀를 향해 서원룡이 손을 쭉 내밀며 말했다.

"오랜 약속처럼 당신을 제 아내로 맞이하고 싶습니다."

서원룡이 내뱉은 그 말에 주변이 침묵에 쌓였다. 미리 상황을 알고 있던 아운도, 그리고 그런 그와 함께 있는 전우신도 그랬다.

너무나 용기 있게 말하는 그의 모습에 월하린 또한 침묵했지만 가장 어쩔 줄 몰라 하는 건 다름 아닌 백호였다.

백호는 자신도 모르게 연신 주먹을 쥐었다 폈다를 반복했다. 눈앞에서 월하린에게 청혼을 하는 저 인간 놈에게 자신도 모르게 한 방 먹일 뻔한 것을 억지로 참았다.

힘겹게 그는 주먹 대신 입을 열었다.

"뻔뻔하네."

"그게 무슨……."

"저 여자가 위험할 땐 어디에 있다가 지금에서야 나타나서 약혼자 운운하는 거야? 웃기다고 생각 안 해?"

말을 내뱉는 백호의 두 눈에서는 불꽃이 튀었다.

갑작스럽게 나타나 청혼을 하는 서원룡 자체도 마음에 안 들었지만, 지금 내뱉는 말은 결코 거짓말이 아니었다. 약혼자였다면 그녀가 그렇게 쫓기고 위험했을 때 대체 어디에 있었단 말인가.

그때 나타나서 그녀를 지켰어야 했다.

월하린 혼자 외로운 싸움을 끝내고 이제 조금씩 평안을 되찾을 때 나타나서 청혼?

너무나 우습다.

백호는 그렇게 생각하며 얼굴에 비웃음을 담았다.

그런 모습에 청노가 불쾌한 듯 표정을 일그러트렸지만, 서원룡은 차분하게 백호의 말에 답했다.

"그 점에 대해서는 죄송할 뿐입니다. 사실 궁주님께서 위험에 처해 천산을 빠져나와 고생하신 걸 들었을 때는 이미 시간이 제법 흐른 후였습니다. 해남도가 워낙 멀리 떨어진 곳이라……."

월하린이 위험에 처했다는 걸 알게 된 건 그리 오래되지 않은 일이다. 너무나 먼 거리, 서원룡이 이토록 늦게 약혼녀인 그녀의 앞에 모습을 드러낸 건 그 탓이었다.

서원룡이 말을 이었다.

"그 소식을 듣기가 무섭게 움직여서 이제야 도착할 수

있었습니다. 오는 도중에 어떻게든 궁주님의 소식을 전해 들었고, 안전하게 계시다는 사실에 안도했습니다."

"안전? 웃기고 있네."

백호가 코웃음을 쳤다.

백하궁을 만든 이후에도 몇 번이고 목숨의 위협을 받았던 그녀다.

연신 백호가 나서서 불만을 토해내자 서원룡이 그를 가만히 바라봤다. 무척이나 신비한 용모의 사내, 그랬기에 백호의 정체를 알아차리는 건 그리 어려운 일이 아니었다.

"당신이 백호 소협이군요."

오는 내내 귀가 따가울 정도로 들었던 이름이다.

백하궁 최고의 고수, 과거가 밝혀지지 않은 신비한 무인. 그에 대한 이야기들로 얼마나 많은 중원인들이 시끄럽게 떠들어 대던가.

알고 싶지 않아도 알 수밖에 없을 정도로 백호는 유명인이 되어 있었다.

서원룡이 백호를 향해 포권을 취했다.

"이야기 많이 들었습니다. 궁주님께 큰 힘이 되어 주셨다는 이야기도요. 감사합니다."

"월하린을 위해 한 거지 널 위해 한 게 아니거든? 네 감사 인사 따위는 안 받은 걸로 하지."

연신 내뱉어지는 백호의 도발적인 언행에 청노가 참지 못하고 앞으로 걸음을 옮길 때였다. 서원룡이 손을 들어 움직이려는 청노를 막아섰다.

서원룡이 청노와 눈을 맞추며 말했다.

"청노, 괜찮습니다."

"하오나……."

청노는 치솟는 화를 삭였다. 다른 이도 아닌 서원룡의 명이다. 이곳에서 명을 어기고 멋대로 행동한다면 서원룡 그를 우습게 만드는 꼴이다.

청노는 끄응 거리며 다시금 뒤로 한 걸음 물러섰다.

서원룡이 청노를 말리는 사이 월하린 또한 백호에게 전음을 날리고 있었다.

『백호, 너무 공격적인 거 아니에요? 뭐 맘에 안 드는 거 있어요?』

『그냥 저놈 자체가 맘에 안 들어.』

백호와 월하린이 전음을 주고받는 사이에 서원룡이 다시금 예를 갖추며 말했다.

"인정합니다. 위험에 처하셨던 궁주님에게 아무런 도움도 드리지 못했습니다. 그랬기에 지금 제가 찾아온 것입니다. 이제부터라도 궁주님을……."

"아니, 이젠 늦었어."

"예?"

"월하린은 내가 지킨다. 네가 아니라 바로 내가. 알겠냐? 인간 애송이."

말을 내뱉으며 백호가 두 눈을 크게 치켜떴다.

그런 백호의 모습에 서원룡 또한 표정을 구겼다. 대체 이자가 뭐기에 이렇게까지 나서는지 이해도 되지 않았다.

둘 사이에서 당장이라도 터질 것만 같은 살벌한 기운이 흘러넘쳤다.

서원룡이 처음으로 기분 나쁜 어투로 입을 열었다.

"이 혼인에 대해 당신에게 이래라저래라 이야기를 들을 건 아니라고 생각되는데요? 당신이 대체 뭔데 이렇게까지 간섭을 합니까?"

"나는……."

백호는 뭐라고 대답해야 할지 답을 찾지 못하다가 이내 옆에 선 월하린을 바라봤다.

모르겠다.

저 인간의 말대로 이 자리에 자신이 끼어야 할 이유가 과연 있는 것일까? 한데 왜 이럴까. 월하린을 저 남자에게 주고 싶지 않았다.

운도 지지리 없고, 요괴인 자신을 무서워하기는커녕 오히려 걱정해 주는 이상한 여자.

월하린의 얼굴을 바라보던 백호가 그녀의 뒤편으로 다가 갔다. 그러고는 그녀의 뒤에 선 채로 천천히 양손을 뻗었 다.

그의 손이 월하린의 허리춤을 안았다. 그러고는 그대로 월하린을 자신의 품 안으로 와락 잡아당겼다.

갑작스러운 백호의 행동에 모두가 놀라 버렸다.

그리고 그 누구보다 놀란 건 역시나 월하린이었다. 그녀 는 백호가 뒤편에서 자신을 안자 너무나 놀라 딱딱하게 굳 어 버렸다.

백호의 숨결이 귀에 닿자 그녀의 얼굴이 새빨갛게 변했 다.

뒤에서 월하린을 강하게 안은 백호가 그녀의 어깨 위로 고개를 들이밀며 서원룡을 노려봤다. 백호가 강한 어조로 입을 열었다.

"이유는 없어. 그냥 주기 싫어. 그러니까…… 가지고 싶 다면 힘으로 빼앗아 봐."

*   *   *

모든 사람들이 보는 앞에서 백호가 월하린을 안았던 사 건은 무척이나 큰 파장을 불러일으켰다. 아운은 놀라 말을 채 잇지 못했고, 청노는 분노했다.

당장이라도 싸움이 벌어져도 이상할 것 없는 분위기를 정리한 것은 월하린이었다.

놀랐던 그녀가 황급히 상황을 수습했다.

월하린은 괜한 다툼으로 백호에게 피해가 가는 걸 막기 위해 그 와중에 어떻게든 정신을 차리고 우선은 각자의 거처로 돌아가자고 제안했다.

서원룡 또한 우선 분위기를 한 번쯤 바꿔야 되겠다 생각했는지 그녀의 제안을 흔쾌히 받아들였다.

그렇게 모두가 자신의 자리로 돌아갔고, 자신의 거처로 돌아온 월하린은 그로부터 몇 시진이 지난 지금까지도 멍하니 앉아 있을 뿐이었다.

침상에 앉은 월하린의 시선이 벽에 틀어박혔다.

그녀의 손이 자신도 모르게 천천히 내려가 허리춤을 어루만졌다. 아까 전 백호가 자신을 안았던 그 손길이 아직까지도 느껴지는 것만 같다.

잠시 그 손길을 기억하며 부끄러워하던 월하린은 이내 고개를 마구 저었다.

'정신 차리자, 월하린. 할 일도 많고 갑자기 벌어진 이 일도 어떻게든 수습해야 하잖아?'

월하린은 서류가 쌓여 있는 자신의 책상 앞으로 가서 앉

앉다. 하지만 자리만 바뀌었을 뿐 월하린의 상태는 여전했
다.

그녀가 양손에 얼굴을 파묻었다.

"하아, 큰일이네. 아무것도 못 하겠어."

눈앞 서류에 적힌 글씨조차 들어오지 않는 상태가 되어
버렸다. 그녀는 이내 파묻었던 고개를 들어 올리고는 천장
을 올려다봤다.

의자에 등을 기댄 채로 천장을 바라보는 그녀가 재차 깊
은 한숨을 내쉬었다.

"책임질 것도 아니면서……."

월하린은 자신도 모르게 중얼거렸다.

그러고는 이내 자신이 무슨 말을 한지 깨달았는지 화들
짝 놀라며 자신의 얼굴을 다시 감쌌다. 대체 무슨 정신인
지 모르겠다.

그녀가 그렇게 책상에 앉은 채로 발을 동동 구르고 있을
때였다.

"궁주님."

밖에서 들려온 시녀의 목소리에 월하린이 놀라 벌떡 일
어났다. 괜히 긴장하고 있던 탓에 조그마한 소리에도 놀랐
던 것이 민망했는지 그녀가 살짝 얼굴을 붉히며 말했다.

"무슨 일이죠?"

"해남파의 소문주님께서 지금 뵙기를 청하십니다."

"지금요?"

"예, 괜찮으시다면 찾아오고 싶다고 하시던데 어떻게 할 까요?"

서원룡의 연락에 월하린은 잠시 고민했다.

이미 어둑어둑해진 밤, 개인적으로 만나는 것이 불편할 법도 했지만 월하린은 이내 마음을 정한 듯 입을 열었다.

"그러라고 하세요."

"알겠습니다. 그럼 모시고 오겠습니다."

말을 마친 시비의 발걸음 소리가 멀어져 갔다.

곧 서원룡이 찾아올 거라는 생각에 월하린은 들떴던 감 정을 최대한 진정시켰다.

마음 같아서는 내일 만나고 싶었지만 지금 이렇게 자리 를 마련한 건 여러 가지 이유가 있어서다.

우선 백호 때문이다.

백호는 서원룡을 마음에 들어 하지 않았고 연신 시비를 걸어 댔다. 그 탓에 분위기가 좋지 못했고 이 상태로 일이 진행됐다가는 뭔가 큰 사달이 벌어질지도 모르는 상황이 다.

그랬기에 월하린은 조용히 이 일에 대해 이야기하고 싶 었다.

그리고 다른 이유는 다름 아닌 아버지였다.

월하린 그녀는 몰랐지만 아버지가 약혼자로 정해 준 사람이다. 다른 이도 아닌 아버지가 그렇게 정했었다면 분명 그만한 이유가 있을 터.

예의 없는 모습을 보이고 싶지는 않았다.

방에 홀로 앉은 채로 월하린이 잠시 그들을 기다리고 있을 때였다.

인기척과 함께 아까 사라졌던 시비의 목소리가 다시금 들려왔다.

"궁주님, 모셨습니다."

"안으로 드시라고 해요."

월하린의 답이 떨어지자 닫혀 있던 그녀의 방문이 열렸다. 그리고 그곳에는 시비를 제외하고 두 명의 모습이 들어왔다.

서원룡과 청노였다.

청노는 안에까지 따라 들어올 생각은 없었는지 문가에 섰고, 서원룡만 방 안으로 걸어 들어왔다.

그가 먼저 포권을 취했다.

"늦은 밤 결례를 무릅쓰고 찾아왔습니다. 혹시 주무시는 걸 깨운 건 아닌지 걱정입니다."

"아뇨. 할 일이 많아서 아직 안 자고 있었어요."

사실 일이라고는 손도 못 대고 서성거리는 바람에 잠 한 숨 못 잔 것이지만 월하린은 애써 둘러댔다.

그녀가 물었다.

"그런데 이 시간에 어쩐 일로 찾아오신 건가요?"

"대화를 좀 나누고 싶었는데…… 아무래도 아까는 그러지 못해서 찾아뵈었습니다. 시간 괜찮으십니까?"

"괜찮아요."

월하린이 고개를 끄덕였다.

그런 그녀를 향해 서원룡이 웃으며 말했다.

"거기 앉아도 됩니까?"

"아, 죄송해요. 앉으세요."

허락이 떨어지자 서원룡이 월하린의 건너편 자리에 와서 앉았다. 그렇게 서로를 마주 보게 된 자세에서 서원룡이 먼저 이야기를 꺼냈다.

"이렇게 갑자기 찾아와서 많이 놀라신 것 같습니다."

"아무래도 그랬죠. 어렸을 때 정해 둔 남편감이 있다는 식으로 아버지가 몇 번 장난처럼 말씀하시긴 했는데…… 그냥 농담인 줄 알았거든요."

"아까 말씀드렸던 것처럼 전 어릴 때부터 정말 수도 없이 들어와서 당연히 궁주님도 아실 거라 생각했었습니다. 아 참, 이런 말이 좀 외람되긴 한데…… 해도 되겠습니까?"

"뭔데요?"

"공적인 사이가 아니라 사적으로 알게 된 관계인데 궁주님이라는 칭호는 너무 딱딱해 보여서요. 소저라 불러도 되겠습니까?"

"상관없긴 한데……."

"하하, 그럼 허락하신 겁니다?"

서원룡이 기분 좋게 웃었다.

소저라 부르는 걸 허락 받은 서원룡이 재빠르게 말을 이었다.

"월 소저가 엄청난 미인이라는 말을 수도 없이 들으면서도 그냥 소문이 과하게 부풀려진 걸 거라 생각했는데……직접 뵈니 오히려 그 소문이 모자란 거였군요."

"과찬이세요. 그보다 저희 아버지와는 어떻게 아시는 사이세요?"

"제 아버님과 월 대협께서 안면이 있으십니다. 그래서 어릴 적부터 해남도에서 몇 번 뵌 적이 있었지요."

"그리고 그때 결혼을 약조하셨나 보군요."

"하하, 예. 운이 좋았는지 그분이 절 좋게 봐주시더군요. 덕분에 소저와의 약혼까지 허락 받았으니 이제 와 생각해 보면 참으로 천운이지요."

웃으며 말을 하던 서원룡이 가볍게 품 안에 손을 넣더니 이내 무엇인가를 꺼내 탁자 위에 올려놓았다.

사내의 주먹 두 개 정도를 붙여 놓은 듯한 크기의 상자였다. 월하린이 상자를 보며 물었다.

"이게 뭔가요?"

"열어 보시지요."

서원룡의 말에 월하린이 조심스럽게 상자의 뚜껑을 열었다. 그리고 상자의 뚜껑이 열리자 그 안에서 반짝이는 것들이 모습을 드러냈다.

상자를 연 월하린이 놀란 듯 서원룡을 바라봤다.

안에는 각양각색의 보석들이 자리하고 있었던 것이다. 진주를 비롯한 다양한 종류의 수정, 그리고 금으로 된 장신구들까지.

서원룡이 입을 열었다.

"결혼 선물입니다."

"괜찮아요! 이런 건……."

"제 이야기를 들어 주시겠습니까?"

월하린이 황급히 상자를 돌려주려고 할 때였다. 진중한 서원룡의 말투에 월하린이 움직임을 멈추고 그를 바라봤다.

서원룡이 월하린의 두 눈을 응시하며 말을 꺼냈다.

"아까 그 백호라는 자의 말대로 전 당신을 지키지 못했습니다. 그랬기에 월 소저는 수많은 위험에 빠지셨었지요. 하지만 이제는 아닙니다."

서원룡이 자신의 가슴을 주먹으로 두드렸다.

"제가 왔으니까요. 솔직히 저에 대해 모르신다기에 조금 섭섭했습니다. 전 어렸을 때부터 월 소저만을 그리며 살아왔으니까요. 당신을 만나고 싶었습니다. 그리고 월 소저 당신과 혼인을 하고 싶습니다."

"무슨 말씀이신지는 알겠지만 전……."

"지금 대답하실 필요는 없습니다."

서원룡이 월하린의 말을 잘랐다.

그녀의 말을 자른 서원룡이 부드러운 어조로 천천히 말을 이었다.

"갑작스럽게 벌어진 일이니 쉬이 대답하기 어려우시겠지요. 며칠만 생각해 주셨으면 합니다. 대답은 그 이후에 해 주시면 됩니다. 저는 그때까지 기다릴 테니까요. 월 소저만을 생각하며 십수 년을 살아온 절 위해 며칠 정도는 생각해 주실 수 있지 않습니까?"

"……."

당장에 혼인할 생각이 없다 말하려 했지만 서원룡이 이렇게 말하자 월하린은 쉬이 입을 떼기가 어려웠다. 아버지와의 약조 하나로 십수 년을 자신만 생각했다는 사내다.

그런 그에게 너무 매몰차게 대하는 건 어려웠다.

월하린을 향해 서원룡이 말했다.

"승낙이라 생각하고 이만 가 보도록 하겠습니다. 늦은 밤 실례했습니다."

자리에서 일어난 서원룡은 그대로 방문을 열고 횅하니 나가 버렸다. 그리고 방에 홀로 남게 된 월하린은 책상 위에 놓여 있는 상자를 보며 깊은 한숨을 내쉬었다.

머리가 복잡했다.

*　　　*　　　*

"하, 믿을 수가 없네. 거기서 갑자기 궁주님을 안으면 싸우자는 소리 아니냐?"

"백호님이 다 생각이 있으셨겠지."

"설마…… 백호님이 궁주님을 좋아하는 건가?"

"너무 앞서가는 거 아냐?"

"아냐, 생각해 보니 뭔가 좀 이상한데. 우리 둘 이름은 죽어도 안 부르면서 궁주님 이름은 꼬박꼬박 부르잖아?"

떠들어 대는 아운을 바라보던 전우신이 문득 생각났는지 천천히 입을 열었다.

"근데 넌 왜 내 방에서 죽치고 있는 거냐?"

"아? 그러네?"

"이야기를 했는데도 내 침상에서 안 일어나?"

"쪼잔하긴."

툴툴거리며 아운이 침상에서 일어났다. 하지만 그는 몸만 일으켜 세웠을 뿐 여전히 침상에 걸터앉은 채로 시간을 죽이고 있었다. 그런 그를 보며 전우신이 미간을 찡그리며 말했다.

"너 그 옷 빨긴 한 거냐?"

"모르겠는데?"

"침상에 묻는 더러운 것들이 뭔지 이제 알겠네."

"웃긴 놈이네. 네 침상이 더러워지는 게 왜 내 탓이냐? 네놈이 지저분하게 쓰니까 그런 거지."

전우신과 아운의 말싸움이 또다시 한창 시작 됐을 때였다.

뻐꾹, 뻐어꾹.

두 번의 새 소리가 들리는 순간 실눈을 한 채로 열을 올리던 아운이 갑자기 입을 닫았다. 그는 자신을 향해 잔소리를 해 대는 전우신을 잠시 바라보다 자리에서 일어났다.

갑자기 아운이 자리에서 일어나자 전우신이 잠시 말을 멈췄다가 물었다.

"겨우 이걸로 기분 상해서 지금 그런 표정을 짓고 있냐?"

"내가 무슨 표정인데? 난 평소랑 똑같은데?"

"똑같긴. 내가 하루 종일 너랑 붙어 다닌 게 얼만지나 아냐? 속일 사람을 속여. 뭔가 떨떠름한 표정 짓고 있는 걸 확 알겠는데."

"……"

전우신의 말에 아운이 입을 굳게 닫은 채로 그를 바라봤다. 아운이 자신을 뚫어져라 바라보자 조금 쑥스러웠는지 전우신은 얼굴을 매만지며 물었다.

"뭘 그렇게 보냐?"

"아니, 그런 것도 알아차릴 정도로 우리가 서로에 대해 잘 아는 사이가 됐나 싶어서."

"불쾌한 소리 한 번만 더 하면 한 방 먹인다?"

"흐흐."

아운이 가볍게 웃고는 이내 발을 옮겼다. 전우신은 아운이 방을 빠져나가려 하자 황급히 물었다.

"어디 가는데?"

"왜 궁금하냐?"

"표정이 이상해서 묻는 거다. 무슨 심각한 일이라도 있는 거냐?"

"아무렴 심각하지. 아주 중요한 일이 있거든."

"중요한 일?"

"응, 배가 아파서 뒷간 가려고 하거든."

말을 마친 아운이 갑자기 배를 움켜잡고는 괴로운 시늉을 해 댔다. 그런 아운을 본 전우신이 표정을 확 구기며 손사래를 쳤다.

"더럽게."

그런 전우신을 향해 실눈을 한 아운이 가볍게 웃으며 손을 휘휘 저었다. 그러고는 곧바로 그는 전우신의 거처를 빠져나와 어딘가를 향해 걸었다.

웃고 있던 아운의 표정이 전우신의 거처에서 멀어질수록 점점 딱딱하게 변했다.

여전히 실눈을 한 채로 웃고 있었지만, 전우신과 함께할 때와는 무엇인가 많이 다른 느낌이다.

뒷간을 간다고 말하던 아운이 향한 곳은 백하궁의 바깥 쪽이었다. 그는 담장을 넘어 백하궁 바깥으로 나가 어딘가를 향해 걸었다.

그리고 일 각가량 걸어가던 아운은 인적이 드문 장소에 도착할 수 있었다. 합양을 벗어난 길에 있는 조그마한 소로에 한 사내가 자리했다.

사내를 발견한 아운의 눈동자가 일순 흔들렸다.

생각지도 못한 자가 이곳에 와 있는 탓이다. 잠시 놀랐던 아운이 이내 감정을 추스르고는 그를 향해 다가가 입을 열었다.

"사제 아운이 대사형을 뵙습니다."

아운이 말을 하는 순간 커다란 돌 위에 앉아 있던 사내가 자리에서 일어나 서서히 다가오기 시작했다.

어둠에서 모습을 드러낸 그는 아운보다 몇 살 정도 많아 보였다. 갓 서른 정도 되어 보이는 사내는 다름 아닌 흑천련주의 첫째 제자였다.

날카롭게 생긴 그자는 옆머리를 바짝 밀고 머리카락은 위로 세운 모습을 하고 있었다. 새하얀 피부에 두 눈동자에서 흐르는 기운이 사람을 압도했다.

염왕수(閻王手) 도효굉(陶曉宏).

도효굉이 아운의 지척에 다다랐을 때였다.

휘익!

도효굉의 손이 아운의 목을 틀어잡았다. 갑작스러운 그의 공격에 아운이 이를 꽉 물었다.

"크윽! 대, 대사형……."

"너 이 새끼, 지금 뭐하는 거냐?"

"뭐가 말입니까."

억지로 버티고 선 채로 아운이 힘겹게 입을 열었다. 목을 부여 잡힌 탓에 숨 쉬기가 곤란했고, 그 탓에 얼굴이 새빨갛게 달아올랐다.

하지만 대사형 도효꿍은 손을 거둘 생각이 없어 보였다.

그가 음침한 웃음을 흘려 보이며 말했다.

"지금 백하궁에 해남파 놈들이 온 거, 왜 보고 안 했냐?"

"……곧 할 생각이었습니다."

"요새 항상 이런 식인 거 아냐? 네놈 소속이 어딘지 잊은 거 아냐? 설마 정말로 네가 백하궁 소속이라 생각하는 건 아니지?"

도효꿍이 말을 마치며 아운을 밀어냈다.

간신히 숨을 몰아쉬며 아운은 자신의 목을 어루만졌다. 목에는 도효꿍의 손자국이 강하게 찍혀 있었다.

아운은 가볍게 기침을 했다.

"쿨럭쿨럭."

"사제, 내가 사랑하는 우리 사제!"

버럭 소리를 지르고는 다가온 도효꿍이 아운의 어깨에 손을 올렸다. 어깨동무를 한 채로 도효꿍이 아운의 귓가에 입을 가져다 댔다.

"설마 정이라도 들었다 뭐다 하면서 일부러 보고도 늦게 올리고, 또 일부러 감추고 하는 건 아닐 거라 믿어."

"……물론입니다."

아운이 입술을 깨물며 고개를 끄덕였다.

도효꿩은 손을 들어 아운의 뺨을 가볍게 두어 번 두드렸다. 그런 그의 손길에 아운이 기분 나쁘다는 듯이 고개를 휙 뒤로 뺐다.

그런 아운을 보며 도효꿩이 피식 웃었다.

그가 몸을 돌려 어둠 속으로 걸어가며 말했다.

"네 임무를 잊지 마. 이건 경고야, 알지?"

"알겠습니다."

"만약 다음번에도 날 실망시킨다면 사부님이 뭐라고 하시든 간에 넌 내가 죽인다, 아운."

피잉!

그 말과 함께 날카로운 파공음이 터져 나왔다.

그리고 동시에 아운의 볼에서 피가 주르륵 흘러내렸다.

아운은 멀어져 가는 도효꿩을 바라보며 손등으로 피를 스윽 닦아 냈다.

아운의 얼굴에 걸렸던 미소가 싹 사라졌다.

제6장. 진심
— 어디 한번 보여 줘 봐

　아침 일찍 일어나 곧바로 연무장에 갔던 백호가 돌아온 것은 점심시간이 막 됐을 무렵이었다. 어제 서원룡이 등장한 이후부터 알 수 없는 짜증에 시달리던 백호는 참지 못하고 아침부터 연무장에서 몸을 풀었던 것이다.

　그나마 몸을 움직이고 조금 개운해진 백호가 거처로 돌아왔을 때였다.

　백호의 거처에는 전우신이 자리하고 있었다.

　그가 자리에서 일어났다.

　"오셨습니까, 백호님."

　"너 여기서 뭐하냐, 매화?"

"식사 시간이 한참은 지났는데 안 보이시기에 찾아와 봤습니다."

"쓸데없이. 그나저나 네 반쪽은 어디 있냐?"

반쪽이라는 말에 전우신은 슬쩍 표정을 일그러트렸지만, 이내 가라앉은 목소리로 답했다.

"어제까지 쌩쌩하던 놈이 갑자기 머리가 아프다면서 방에서 쉬고 있습니다."

"별일이네."

항상 발발거리며 돌아다니던 아운이 아프다는 말에 백호가 신기하다는 듯 중얼거렸다. 쉬려는 듯 침상에 걸터앉은 백호가 자신의 배를 손으로 어루만졌다.

아침부터 격하게 움직인 탓에 무척이나 허기가 진다.

"밥 먹었냐?"

"아뇨, 아직 안 먹었습니다. 식사라도 하시겠습니까?"

"응, 배고픈데 뭐라도 좀 먹으러 가자."

백호는 검 하나만 달랑 든 채로 자리에서 일어났다. 막 전우신과 함께 자신의 방을 빠져나오던 백호가 물었다.

"아 참, 월하린은 밥 먹었대?"

"백호님이 식사 안 해서 신경 쓰인다며 절 보낸 게 궁주님이십니다. 아마 안 하셨을 겁니다."

"그래? 월하린이 보낸 거였냐?"

그 말에 뭐가 그리도 좋은지 백호는 자신도 모르게 히죽거리며 웃었다. 그러고는 옆에 가만히 서 있는 전우신을 닦달했다.

"어서 가자고. 월하린도 배고프겠다."

"궁주님의 거처로 갑니까?"

"그럼 우리 둘이서만 먹냐?"

가볍게 쏘아붙였던 백호는 곧바로 월하린의 거처 쪽을 향해 걸어 나갔다. 바로 인근에 위치했기에 백호는 금세 그녀의 거처에 도달할 수 있었다.

빠른 걸음으로 도착한 백호였지만 그는 그곳에 이르자 뭔가 못 볼 것을 본 것처럼 표정을 구겼다.

백호가 월하린의 거처로 다가오는 노인을 확인하고는 슬쩍 고갯짓을 했다.

"저 노인 어제 그놈 옆에 있던 인간 맞지?"

"예, 맞습니다."

"그런데 저자가 왜 여길 와?"

백호는 주변을 두리번거렸다. 아무리 봐도 이곳에 찾아올 만한 장소라고는 월하린이 기거하는 여기밖에 없어 보였다. 그랬기에 백호는 그녀가 기거하는 곳에 들어가지 않고 앞에 선 채로 청노를 맞이했다.

백호와 마찬가지로 그를 확인한 청노 또한 표정이 그리

유쾌하지는 않았다.

백호와 전우신을 향해 가볍게 목을 까닥거린 청노가 그 대로 지나쳐 월하린의 거처로 들어가려고 할 때였다.

"이봐, 어디 가는 거야?"

"궁주님의 거처에 갑니다. 왜 그러십니까?"

실제 나이로 본다면 물론 백호가 많아도 몇 십 배는 많 겠지만 겉으로 보기엔 그 반대다. 그럼에도 불구하고 백호 는 청노에게 반말을, 청노는 백호에게 존댓말을 하는 우스 운 상황이 벌어졌다.

하지만 지금 중요한 건 그게 아니었다.

월하린의 거처에 간다는 말에 백호가 눈을 부라리며 물 었다.

"왜?"

"왜라뇨? 그걸 제가 말해야 합니까?"

백호에게 어제부터 큰 불만을 가졌던 청노다. 다른 이도 아닌 서원룡의 약혼녀를 모두가 보는 앞에서 아무렇지 않 게 껴안는 무례를 범한 자가 아니던가.

만약 서원룡이 말리지만 않았다면 당장이라도 이자에게 검을 휘둘렀을 게다.

어처구니없다는 듯 말하는 청노를 향해 백호는 도리어 당연하다는 것처럼 고개를 끄덕였다.

"응. 말해야지."

"그래야 하는 이유라도 있습니까?"

"내가 보호자니까."

당당하게 말하는 백호를 보며 청노는 입술을 잘근 깨물었다. 오랜 시간을 살아오며 많은 이들을 만났다. 호위를 하는 청노의 입장상 상대들에 대한 빠른 판단은 필수였다.

그런데 이자는 대체 무슨 생각을 하고 있고, 어떻게 대해야 할지 감이 오지 않는다.

마음 같아서는 그냥 지나쳐 가고 싶었지만 괜한 분란은 일으키고 싶지 않았는지 청노는 이곳에 온 목적을 밝혔다.

"소문주님께서 궁주님께 식사 초대를 하셨습니다."

"식사 초대?"

"예, 점심이라도 함께 하시자고……."

"안 돼."

청노의 목적을 듣기가 무섭게 백호는 일언지하에 거절했다. 그런 백호의 모습에 청노의 표정은 또다시 일그러졌다.

애써 격해지는 감정을 억누르며 청노가 물었다.

"바쁘시기라도 한 겁니까?"

"아니, 나랑 먹을 거거든."

태평하게 받아치는 백호의 모습에 청노는 작게 한숨을

내쉬었다. 이자와 이곳에서 말싸움 하고 있는 건 아무런
의미도 없다는 생각이 들었다.

"어쨌든 왔으니 궁주님께 말씀은 전하고 가겠습니다."

말을 마친 청노가 지나쳐 가려고 하자 백호가 길을 막아
섰다.

"안 된다니까? 내가 같이 밥 먹을 거라는데 왜 자꾸 방
해야."

"말만 전하겠다 하지 않았습니까. 그 이후에 누구랑 식
사를 할지는 궁주님 뜻 아닙니까?"

"내가 싫은데?"

말문이 턱 하니 막혀 왔다.

속내를 감추지 않고 툭툭 뱉어 대니 대체 어떻게 상대해
야 할지 모르겠다. 어제도 그랬고 지금도 그렇다. 돌려 말
할 줄 모르고 계속해서 직접적으로 말을 내뱉는다.

그래서 오히려 더 상대하기가 어려웠다.

상황이 이렇게 흐르자 청노는 슬슬 부아가 치밀었다. 냉
정함을 언제나 유지하는 그였지만 백호에게 있었던 억한
감정이 겹쳐지자 자신도 모르게 가시 돋친 말을 뱉어 냈
다.

"자신의 실력에 대해 알량한 자부심이 있으신 것 같은데
우습군요."

"그렇게 보여?"

"물론이죠. 당신이 그렇게 대단합니까? 뭐, 무공 실력은 꽤 된다 들었지만 그래 봤자 한 명의 무인일 뿐이죠. 하지만 소문주님은 다릅니다."

한 번 입이 열리자 청노는 어제부터 쌓아 놓은 속내를 풀어냈다.

"당신은 궁주님을 지키지 못합니다. 제아무리 강하다한들 당신은 혼자니까요. 그에 반해 우리는 어떻습니까? 해남파입니다. 구파일방과 견주어도 모자랄 것 없는 해남파가 궁주님을 지킬 겁니다. 물러나야 하는 건 저희가 아니라 당신 아닙니까?"

말을 끝낸 청노의 얼굴에는 자부심이 가득했다.

청노가 사랑하는 두 가지, 그 첫째가 서원룡이요 둘째가 바로 해남파였다. 서원룡과 해남파를 지키기 위해 살아왔던 인생이다. 그런 그에게 그 두 가지는 자존심과도 같았다.

자부심으로 똘똘 뭉친 청노, 허나 백호는 달랐다.

"해남파가 그렇게 대단해? 머릿수 많은 거 말고 뭐 별거 있나?"

"뭐, 뭐요?"

"그리고 알량한 자부심? 아니, 이건 당연한 자신감이라고 불러 줬으면 좋겠군. 난 자신이 있거든. 너희 해남파 모두보다 나 하나가 더 나을 거라고."

"큭큭! 단단히 미쳤군요. 당신 너무 해남파를 우습게 보는 거 아닙니까?"

"왜, 못 믿겠어? 그럼 어디 한번 확인해 볼래?"

백호의 도발에 청노의 얼굴이 붉어졌고, 여태까지 옆에서 보고만 있던 전우신이 말리고 들었다. 이대로 더 가다가는 둘 사이에 싸움이 벌어질 것 같다는 생각이 들어서였다.

"백호님 이제 그만하시는 게……."

급히 말렸지만 상황은 이미 벌어져 버렸다.

붉어진 얼굴로 서 있던 청노가 입을 열었다.

"그럼 어디 한번 볼까요? 그 실력이 얼마나 대단한지."

"좋아. 그럼 한판 하자고."

"미리 말씀드리지만 해남파의 검은 자비가 없습니다. 괜히 비무라 생각하시고 덤볐다가 다친 뒤에 후회해 봤자 늦습니다. 사과하실 거면 지금 사과하고 물러나시든지요."

"나도 마찬가지야. 나한테 당하고 나서 앵앵거리며 네 주인한테 달려갈 생각이면 여기서 그만 사과하고 가시든지."

"그런 일은 없을 겁니다. 제가 이길 테니까요."

"아, 그래? 나도 마찬가진데."

지지 않겠다는 듯이 둘은 서로를 향해 거친 말들을 내뱉었다.

서원룡을 지킬 때를 제하고는 거의 검을 뽑지 않는 청노였지만 지금은 아니었다. 백호는 서원룡과 해남파, 그 두 가지 모두를 욕보였다.

그걸 보고 있자니 청노는 도저히 참기 힘들었던 것이다.

청노가 주변을 둘러보며 말했다.

"여기서 싸우긴 뭐하고, 안내하시죠."

"좋아. 따라오라고, 인간."

말을 마친 백호가 몸을 휙 돌리고는 비무장을 향해 걸음을 옮겼다. 그런 백호를 전우신은 어떻게든 말리려 했지만 이미 불타오르기 시작한 그를 자신이 막는다는 건 불가능하다는 걸 잘 알고 있었다.

이런 상황의 백호를 말릴 수 있는 건 월하린뿐이었다.

'정말 곤란하게 됐군.'

곤란해하면서도 전우신은 어쩔 수 없이 백호의 뒤를 쫓아야만 했다.

그렇게 세 사람이 향한 곳은 다름 아닌 야외에 만들어진 커다란 비무장이었다. 주변에 높은 담이 쌓여져 있고, 아무나 드나들 수 없는 곳이었기에 비무장에는 사람 그림자

조차 보이지 않았다.

꽤 넓은 비무장 위에 선 백호가 가볍게 몸을 풀었다. 그리고 그 반대편에 선 청노 또한 호흡을 조절하며 곧 있을 비무를 준비했다.

백호의 옆에 서 있는 전우신이 아직 걱정이 가시지 않았는지 조심스럽게 전음을 날렸다.

『백호님, 상대는 생각보다 고수입니다.』

『잘 됐지 뭐. 약한 놈이었다면 시시할 것 아냐.』

담담하게 받아치는 백호를 보며 전우신은 짧은 한숨을 내쉬었다.

정파의 입장으로 봤을 때 그녀가 해남파의 소문주와 혼인을 하는 건 결코 나쁜 일이 아니었다. 비록 보통의 정파와는 가는 길이 조금 다르다고는 하나, 엄밀히 보면 해남파는 정파에 속한다.

백하궁을 감시하러 나온 자신의 입장에서 해남파 소문주와의 혼인은 환영할 일이었지만, 전우신은 이상하게 그녀가 이곳을 떠나는 게 탐탁지 않았다.

월하린이 해남파 소문주와 혼인을 하게 되면 이곳 백하궁이 정리가 될 것은 자명한 노릇. 그렇다면 전우신 또한 화산파로 돌아가야 할 것이다.

이곳에서의 생활이 끝날지도 모른다는 생각에 후련함보

다 아쉬움이 앞선다. 전우신은 이곳 백하궁이 좋았다.

그랬기에 망설이던 전우신이 백호를 향해 은근슬쩍 해남파에 대한 전음을 날렸다.

『해남파의 검은 예로부터 잔인하기로 유명합니다. 특이하게도 검을 비스듬히 기울여 사용하고, 쾌검이 장기입니다. 승기를 한 번 내주면 연달아 휘몰아치는 공격을 받아내기 어려울 겁니다.』

전우신의 전음에 백호는 고개를 끄덕였다.

그러고는 앞에 선 청노를 향해 소리쳤다.

"준비는 끝났냐?"

"이쪽은 끝났습니다. 마지막으로 한 번만 더 말하죠. 사과하시고 물러나실 생각 없습니까?"

"입 아프게 한 말 또 하게 할래?"

"굳이 벌주를 마신다면야……."

중얼거림과 함께 청노가 검을 뽑아 들었다. 검을 뽑아드는 순간 청노에게서 강렬한 기운이 휘몰아쳤다. 백호를 향했던 살기를 옆에서 받은 전우신이 깜짝 놀랐다.

고수라는 건 짐작하고 있었지만 이건 상상 이상이다.

"재미있네. 최근 들어 강한 놈하고 한번 붙어 보고 싶었는데 마침 잘됐어."

청룡을 만난 이후 무공에 매진하던 백호다.

그런 와중에 나타나 준 청노의 존재는 백호에게 그리 나쁘지만은 않았다. 백호 또한 자신의 검을 끄집어냈다.

검을 뽑은 백호가 옆에 선 전우신을 향해 짧게 말했다.

"내려가 있어."

"……알겠습니다."

전우신이 황급히 비무장을 내려갔을 때였다.

여태까지 기다리고 있던 청노가 움직였다. 그의 몸이 거리를 좁히고 치고 들어왔다.

쾌검이 장기인 해남파, 그리고 쾌검은 비단 검의 빠름으로 정해지는 게 아니다. 검이 빠르다는 건 곧 그걸 뒷받침해 줘야 할 신법과 보법이 있어야 했다.

청노는 아무렇지 않게 거리를 좁히며 백호를 향해 검을 움직였다.

휘익!

고개를 뒤로 젖히자 아슬아슬하게 검이 목 부분을 스치고 지나갔다. 그리고 전우신이 말했던 것처럼 한번 공세에 들어서자 청노의 검은 쉬지 않았다.

파라라락!

검이 연달이 백호를 노리고 들어왔고, 그런 공격을 백호 또한 막아 냈다.

'빠른데?'

쾌검이 장기라고는 들었지만 빨라도 너무 빨랐다.

막아 내기도 버거울 정도의 빠르기, 하지만 막는 것에 급급한 와중에서도 백호의 눈은 빛나고 있었다. 몇 번이고 검이 아슬아슬하게 백호를 스치고 지나갔지만 그때마다 그는 하나하나 움직임을 머리에 새기고 있었다.

어떻게 저리 빠르게 검을 움직이는 것일까?

백호의 눈이 청노의 모든 것을 살폈다.

발, 무릎, 허리와 어깨, 그리고 손목까지.

그 모든 것을 보며 공격을 받아 내고 있으리라고는 청노의 입장으로서는 생각도 하지 못했을 게다. 백호의 두 눈에 점점 청노의 움직임이 읽히기 시작했다.

수십 번의 공격을 반격조차 하지 않으며 백호는 받아 내기만 했다.

청노의 입장에서는 완벽히 승기를 잡았다 생각했겠지만 실상은 달랐다. 백호는 싸우는 와중에서 청노의 장기인 쾌검에 대해 배워 가고 있었다.

신체의 모든 부위와 움직임을 읽던 백호가 이내 작게 고개를 끄덕였다.

'할 수 있을 것 같은데……'

쉼 없이 이어지는 빠른 공격, 그리고 그 와중에 청노의 검의 특징을 훔치고 있던 백호가 갑자기 처음으로 반격을 가했다.

타앙!

날아드는 검을 아래에서 쳐 낸 백호가 움직이기 시작했
다.

파앙!

땅을 박찬 백호가 재빠르게 허공을 향해 검을 휘둘렀다.
빠른 움직임, 그리고 일순 놀라운 일이 벌어졌다. 백호의
검이 얼마나 빨랐던지 지나쳐 간 자리가 일그러진 것이다.

마주하고 있던 청노 또한 예기치 못할 정도로 빠른 백호
의 공격에 황급히 옆으로 피했다.

그리고 그 순간 둘 사이에 속도전이 벌어졌다.

거리를 벌리는 청노, 그리고 동시에 좁히는 백호.

백호의 검이 움직였다.

하지만 그때까지만 해도 청노는 자신 있었다.

자신이 백호보다 느릴 거라고는 생각지 않았다. 검은 자
신을 베지 못하고 지나갈 거라 판단했거늘, 그건 오산이었
다.

백호의 검이 청노의 어깨를 훑고 지나갔다.

피가 허공으로 튀어 올랐고, 속도 싸움에서 패한 청노가
뒷걸음질 쳤다. 그가 아직도 믿기지 않았는지 백호를 바라
봤다.

'대체 어떻게 잡은 거지?'

분명 자신이 더 빨랐다 생각했다.

그런데 어느 순간 백호의 몸이 조금 더 앞까지 다가와 있었다. 정확히 계산했다 생각했는데…….

청노가 중얼거렸다.

"……떠들 정도는 되는군요."

"이 정도로 놀라긴 아직 좀 이르지 않나?"

히죽 웃으며 말하는 백호를 보며 청노의 머리가 점점 차갑게 식어 갔다.

화가 나서 시작한 싸움, 하지만 이제는 눈앞에 있는 백호라는 자밖에 보이지 않는다. 가장 자신 있는 속도에서 패했다. 그것도 저렇게 어린 자에게.

청노가 검을 비스듬히 세우며 말했다.

"당신이 말했지요. 가지고 싶으면 힘으로 빼앗아 보라고. 그렇다면 힘으로 빼앗아 드리지요. 이 해남파의 검으로!"

상대의 실력을 알기 위한 염탐은 필요 없다.

이제부터는 전력을 다해야 했다.

청노가 발을 서서히 움직이기 시작했고, 손에 든 검을 보다 더 날카롭게 세웠다.

꺼내지 않으려 했던 절기를 꺼내기로 마음먹은 것이다.

남해삼십육검(南海三十六劍)이다.

남해삼십육검은 해남파 최고의 검술로, 변방에 있는 그들이 무림에서 손꼽히는 문파 중 하나로 우뚝 서게 만든 무공이기도 했다.

해남파가 자랑하는 최고의 무공답게 많은 문도들이 익히고 있지만, 그중 완벽하게 남해삼십육검을 이해하고 쓸 수 있는 자는 손가락으로 꼽을 정도로 드물었다.

해남파 최고의 검술이 청노의 손에서 유려하게 펼쳐지기 시작했다.

실전 검술이라는 말에 어울리게 빠르면서도 날카로운 해남파의 검공이 쏟아져 나왔다.

휘이익!

번쩍!

빠르게 날아든 검이 단번에 백호의 빈틈을 파고들었다. 검이 살갗을 찢으며 스쳐 지나갔다.

푸슈슉!

팔뚝에서 피가 터져 나왔다. 그리고 공격은 멈추지 않고 이어졌다. 순식간에 이어지는 다음 초식이 이번에는 아래에서 위로 솟구쳤다.

검 끝에 검기가 서렸다.

파라락!

백호 또한 당하고 있지만은 않았다. 좁혀진 거리는 백호에게 그리 불리한 상황은 아니었다. 백호의 발이 땅을 밀어내듯이 강하게 밟으며 튕겨 올랐다.

청노의 검에서 쏟아진 검기를 향해 백호가 주먹을 휘둘렀다.

쩌엉!

커다란 돌멩이들이 부닥친 것 같은 충돌음과 함께 둘의 주변으로 힘의 파동이 휘몰아쳤다. 그러자 백호가 내디딘 발을 기점으로 연무장 바닥에 거미줄처럼 금이 갈라져 나가기 시작했다.

쩌저적!

연무장 바닥에 커다란 금이 가는 것과 동시에 둘의 몸이 계속해서 충돌했다. 백호의 검이 먼저 청노의 몸에 닿는 듯했지만 그건 착각이었다.

뒤늦게 움직였다 생각한 청노의 검이 백호의 것보다 빠르게 다가와 있었다.

'치잇!'

백호는 황급히 공격을 거두며 몸을 비틀었지만 이번에도 검은 그에게 생채기를 남기며 지나쳐 갔다. 그나마 백호가 빠르게 대응했기에 망정이지 그렇지 않았다면 보다 큰 부상으로 이어졌을지도 모르는 상황이다.

간신히 피해 내긴 했지만 백호는 숨 한 번 고를 여유가 없었다. 그러기에는 청노의 검이 너무 빨랐다. 남해삼십육 검은 초식이 더해질수록 그 속도가 더욱 늘어나는 특징을 지녔다.

거기다 하나하나가 사람을 단번에 죽일 수 있는 살초로 이루어진 실전형 검술.

빠르게 검이 휘몰아쳤다.

원형을 그리며 날아드는 검이 연신 백호를 압박해 들어왔다. 허겁지겁 공격을 막기에만 급급하던 백호가 표정을 찡그렸다.

'젠장! 이렇게 막고만 있는 건 적성에 안 맞는데 말이지…….'

수많은 상처들이 백호의 몸에 생겨나기 시작했다.

그럼에도 불구하고 백호는 두 눈을 빛냈다.

청노와 손을 겨루며 백호는 다시 한 번 인간에 대한 감탄을 감추기 어려웠다. 인간이 이렇게 빠른 속도로 검을 휘두른다는 것 자체가 쉬이 믿기 어려울 지경이다.

잠들어 있던 그 긴 시간 동안 정말로 인간이라는 종족은 스스로에게 많은 발전을 이루어 왔다는 생각이 들었다.

인간은 이제 태산을 부술 수 있고, 번개처럼 빠르게 움직일 수도 있다. 한편으로는 참으로 놀랍다. 그토록 짧은 인생을 살아가면서 어떻게 이리 많은 것들을 바꾸어 나갈 수 있는지.

하지만 감탄만 하고 있기에는 상황이 그리 여유롭지 않았다.

휘이이잇!

공기를 가르는 소리와 함께 볼을 스치고 지나가는 검날이 백호의 정신을 다시금 현실 세계로 오게끔 만들었다.

아슬아슬하게 피해 낸 검 끝이 향한 곳으로 커다란 폭음이 일었다.

쿠콰콰쾅!

연무장 바닥이 터져 나가며 커다란 기운이 사방으로 용솟음쳤다. 백호는 다시금 공격을 가하려 했지만 그건 쉽지 않았다. 움직이려는 백호를 향해 어느덧 청노의 검이 다시금 날아들었기 때문이다.

'한 번 승기를 놓치면 위험할 거라는 말이 이거였군.'

전우신이 했던 말이 이제는 절절히 이해가 간다.

빛처럼 빠른 쾌검이 계속해서 한 걸음 빠르게 백호가 움직여야 할 장소를 제압해 나간다. 번쩍거리는 검이 연달아 백호를 몰아쳤다.

탕탕.

백호의 시선이 계속해서 검을 좇았다.

'이 정도라면…….'

백호가 조금 더 빠르게 옆으로 움직였지만 역시나 검이 뒤따라 움직이고 있었다.

스윽 하는 소리와 함께 백호의 어깨에서 피가 흘러넘쳤다. 이번에도 잡힌 것이다. 백호는 가볍게 입술을 깨물며 다시금 움직였다.

이번에 백호는 조금 더 빨랐다.

그리고 검 또한 아슬아슬하게 백호를 베고 지나쳐갔다. 공격에 당했거늘 백호의 얼굴에는 짧은 미소가 서렸다가 사라졌다.

그런 백호의 미묘한 웃음을 청노는 놓치지 않았다.

'웃어?'

어째서 백호가 웃은 건지 이해가 가지 않는다.

남해삼십육검을 펼친 이후 백호는 변변찮은 공격조차 제대로 하지 못했다. 기껏해야 막거나, 그것도 아니면 점점 상처들이 늘어만 가고 있었다.

그런 상황에서 웃음을 흘리는 백호의 모습에 청노는 불쾌감이 치밀었다.

'감히……!'

청노의 검이 조금 더 기울어졌다.

그리고 이번 공격은 날카롭게 백호의 틈을 파고들었다.

파라락!

허공을 가르는 소리와 함께 검 끝에 커다란 힘이 응축
되었다가 터져 나갔다. 백호 또한 막는다고 검을 들었지만
옆으로 비껴 든 검은 예상과는 달리 좁은 틈을 비집고 들어
왔다.

예상치 못하게 검이 틈을 파고들자 백호의 눈이 커졌다.
그리고 그는 치명상을 피하기 위해 빠르게 내력을 터트렸
다.

번쩍!

빛이 일었다.

그리고 그 안에서 커다란 힘이 회오리처럼 휘몰아쳤다.
그 충격에 청노는 뒷걸음질 쳤고, 백호는 폭발과 함께 뒤
로 나가떨어졌다.

쿠다당.

시끄러운 소리와 함께 연무장 바닥을 백호는 데굴데굴
굴렀다. 그리고 그렇게 백호는 하늘을 올려다본 채로 쓰러
졌다.

청노가 들고 있던 검을 슬쩍 내렸다.

'끝났군.'

다소 심했던 것인가 하는 생각이 머리를 스쳤다.

비무라기보다는 실전에 방불케 할 정도로 살초를 펼쳤

고, 상대에게 치명상을 입혔다. 화가 나기도 했지만 그 때문에 이렇게 검을 휘두른 것이 아니다.

백호라는 자의 실력을 마주하며 자신도 모르게 본 실력을 드러낸 것이다.

"백호님!"

상황을 보고만 있던 전우신이 놀라 소리쳤다.

그가 황급히 연무장 위로 발을 올려놓으려고 할 때였다.

죽은 듯이 누워 있던 백호가 갑자기 두 발을 번쩍 들어 올리더니 팔로 땅을 밀며 몸을 일으켜 세웠다.

끝이라 생각했던 청노의 표정이 굳어졌고, 연무장을 오르려고 반쯤 자세를 잡았던 전우신은 머쓱한 얼굴로 멈추고야 말았다.

백호가 자신의 가슴을 손으로 슥슥 문질렀다.

"설마 그 틈으로 들어올 줄은 몰랐는데 말이야. 검을 그렇게 비틀고 움직이면 그런 장점도 있었군."

"그만하시죠. 승부는 난 것 같은데."

"승부가 나긴 뭐가 나? 난 아직 공격 한 번 제대로 안 했는데."

청노의 말에 백호가 어림없다는 듯 고개를 저으며 받아쳤다. 백호의 말투에서 뭔가 떨떠름한 느낌을 받았는지 청노가 되물었다.

"지금 그 말은 공격을 못 했다는 소리입니까 아니면 혹시…… 안 했다는 말을 하려는 겁니까?"

"방금 전까지는 못 했는데, 이제는 할 수 있을걸?"

"그거야말로 더 웃기는 소리군요."

청노가 기가 차다는 듯이 말했다.

방금 전까지 자신의 공격에 휘말려 손도 제대로 못 써 놓고 이제 와서는 가능할 거라니? 차라리 공격을 안 했다고 하는 것이 더 신빙성 있는 말이었으리라.

허나 백호는 진심이었다.

그는 계속해서 청노의 검을 눈에 담았다.

특이한 해남파의 검술, 그리고 그 검술의 정점인 남해삼십육검까지.

그 모든 걸 보고 몸으로 느꼈다.

얼마나 빠른지, 어떠한 각도로 들어오는지 또 어떻게 상대를 궁지에 몰아넣는지까지.

아직 완벽하다고 할 수는 없었지만 백호의 머리에는 이미 많은 것들이 들어와 있었다. 백호가 다시 검을 쥔 채로 말했다.

"웃긴지 안 웃긴지는 지금 보여 줄게."

백호가 두 눈을 부릅뜬 채로 청노를 노려봤다. 그런 그를 바라보던 청노가 다시금 검을 옆으로 뉘였다. 그러고는 서서히 검을 움직이기 시작했다.

'시작이군.'

백호는 청노의 검을 뚫어져라 바라봤다.

그리고 다시금 청노의 검에서 남해삼십육검이 펼쳐졌다.

후웅!

바람을 가르며 날아드는 검은 단번에 목줄을 찢어 놓을 것처럼 날카롭다. 백호는 성큼 옆으로 걸어 나가며 공격을 흘렸다.

하지만 이 공격을 피했다 해서 끝난 게 아니었다.

남해삼십육검은 이제부터 시작이니까.

확확!

허공을 찢어발기는 소리와 함께 검이 순식간에 치명적인 틈을 파고든다. 아까까지만 해도 그런 청노의 공격을 받아 내기만 급급했던 백호였다.

하지만…….

타앙! 탁!

검을 쳐 내는 것과 동시에 찌르고 들어오는 백호의 공격은 너무나 날카로웠다. 자연스럽게 검을 휘두르며 앞으로 다가오던 청노의 입장으로서 그 공격은 예기치 못한 것이었다.

방금 전까지 당하기만 하던 자가 이렇게 자연스레 공격을 받아칠 줄은 몰랐던 탓이다.

아까와는 반대로 이번에는 청노의 어깨에서 피가 터졌다. 그리고 채 다음 공격을 펼쳐 내기도 전에 백호의 검이 빠르게 날아들었다.

피했다! 아니, 피하려 한 곳에 백호의 검이 자리하고 있었다. 방금 전까지 자신이 백호를 몰아치던 방법에 오히려 지금은 청노 스스로가 당하고 있었다.

퍼엉!

가까스로 검을 막아 내며 청노는 발을 휘둘렀다. 하지만 그 공격도 백호의 주먹에 틀어 막히며 둘의 몸은 서로에게서 밀려 나갔다.

간신히 거리를 벌리며 숨을 돌릴 여유를 벌었다.

하지만 청노는 이해가 되지 않았다.

'어떻게 나보다 빠르게 움직이는 거지?'

지금 백호는 자신에게 공격을 가할 뿐만 아니라, 그 공격을 피해 도망칠 곳까지 백호 그의 영역으로 만들어 버리고 있었다.

그것은 빠름의 정점을 찍어야만 가능한 경지다.

애초부터 쾌검에 능한 자였다면 모를까 처음 마주한 백호는 전혀 그런 상대가 아니었다. 그런데 싸운 지 얼마 되지도 않아 능숙하게 쾌검의 장점을 이용해 자신을 몰아붙이고 있으니 기가 차는 건 당연했다.

청노의 손끝이 부들부들 떨렸다.

지고 싶지 않았다.

해남의 검이, 이 중원에서 저토록 어린 사내에게 꺾이는 것을 절대로 원하지 않았다.

분에 차 있는 청노와 달리 백호는 뭔가 만족스럽지 않은 표정이었다. 그는 입맛을 다셨다.

'저놈은 나보다 조금 더 빨랐던 것 같은데.'

이 싸움에서 백호는 또다시 자신이 가져야 할 것을 훔치고 있었다. 고수와의 싸움은 백호 자신에게 없는 많은 걸 새롭게 익힐 수 있는 기회였다.

그런 백호를 마주하고 있던 청노가 검에 내력을 싣기 시작했다.

우우웅!

커다란 굉음이 사방으로 잔잔하게, 또는 파도의 소리처럼 밀려오기 시작했다. 고요하면서도 점점 거세지는 기운이 휘몰아쳤다.

드드드드드!

땅이 진동하기 시작했고, 그 여파로 부서져 나갔던 돌멩이들이 주변으로 밀려 나간다. 가늠하기 힘들 정도로 큰 내력이 폭발하고 있었다.

그 모습을 보고 있던 전우신의 안색이 굳었다.

'설마?'

전우신의 예상은 틀리지 않았다. 주변으로 모이기 시작한 힘이 하나의 빛무리로 변해 검을 감싸기 시작한 것이다.

검강이다.

놀란 전우신이 황급히 소리쳤다.

"비무에서 이건 너무……!"

"매화! 가만 있어!"

이 비무를 끝내려는 전우신을 향해 백호가 버럭 소리쳤다. 당황한 그와는 달리 백호는 오히려 지금 상황을 즐기고 있었다.

더 볼 게 남았다는 건 그에게는 무척이나 유쾌한 일이었으니까.

으드드득!

엄청난 압박감에 청노의 발이 연무장 바닥에 천천히 틀어박혔다. 그 정도로 지금 그의 검에 모인 힘은 어마어마했다.

백호가 검을 옆으로 치켜들었다. 그러자 백호의 손을 타고 시작된 붉은 기운이 흡사 불꽃처럼 갑자기 검으로 옮겨

붙었다.

화악!

새빨간 기운이 검 주변에 너울거렸다.

청노가 발을 움직였다.

타앙.

튕겨 오른 그가 백호를 향해 검강이 실린 일검을 내려쳤다. 그리고 그런 공격을 향해 백호 또한 지지 않겠다는 듯이 검을 휘둘렀다.

강기가 실린 둘의 검이 충돌했다.

쿠콰쾅!

검과 검이 닿았을 뿐임에도 불구하고 터져 나오는 충격음은 귀를 얼얼하게 할 정도였다. 하지만 이것은 곧 있을 일의 시작에 불과했다.

둘의 내력이 충돌했다.

절대 지고 싶지 않았던 청노는 백호에게 내공 싸움을 건 것이다.

다른 건 모르겠지만 백호보다 자신의 내공이 높을 거라는 판단에서였다. 내공만큼은 이 건방진 자보다 자신이 훨씬 높을 거라 생각했다. 그렇게 생각하고 싸움을 걸었는데…… 그건 큰 착오였다.

청노는 실수를 했다.

그 사실은 알게 된 건 검을 맞댄 바로 그 직후였다.

밀려드는 상대의 내공을 느끼는 순간 청노의 얼굴에는 당혹감이 서렸다.

'미, 미친!'

믿을 수 없을 정도로 커다란 내력이 손을 통해 전해져 왔다. 인간과는 비교도 할 수 없을 정도로 큰 내력을 지닌 백호를 몰랐기에 한 청노의 어리석은 선택이었다.

하지만 이렇게 서로의 기운을 뿜어낸 이상 이미 회수할 수 없다. 백호의 불꽃이 청노의 검을, 그리고 그를 집어삼키고 있었다.

그리고 후폭풍이 일었다.

쩌쩌적!

연무장 바닥을 이루고 있던 커다란 돌들이 가루가 되어 허공으로 흩날렸다. 그리고 그 모든 것들이 사라질 때까지 버티고 있던 청노의 몸이 백호의 불꽃에 잠식되어 버렸다.

퍼엉!

전신에서 피를 뿜으며 청노가 그대로 날아갔다.

쿠당당.

바닥을 나뒹군 그가 가슴을 움켜쥔 채로 반쯤 몸을 일으켜 세우다가 피를 토했다.

"웩!"

청노의 전신은 피투성이였다. 가까스로 호신강기를 일으켜 충격을 완화시키긴 했지만 그것으로 막기에 백호의 내공은 너무나 거대했다.

외상도 컸지만, 그보다 큰 건 다름 아닌 내상이다.

속이 진탕이 되어 버렸다.

그나마 막바지에 백호가 힘을 조금 거뒀기에 이 정도로 그칠 수 있었지 만약 끝까지 그가 밀어붙였다면, 아마도 몸 안에 있는 장기들마저 모두 부서졌을 게다.

외상과 내상을 입어 제정신이 아닌데도 불구하고 청노는 의문을 떨쳐 낼 수가 없었다.

어떻게 저토록 젊은 자가 이런 막대한 내공을 보유하고 있단 말인가.

청노가 검을 땅에 박아 넣으며 천천히 일어났다.

그 모습에 백호가 두 눈을 동그랗게 떴다. 청노는 소매로 입가를 닦아 내며 검을 들었다.

백호를 바라보며 청노가 말했다.

"아직…… 아직 끝나지 않았습니다."

당장이라도 쓰러질 것 같은 모습으로 말하는 청노의 모습에서는 패하고 싶어 하지 않는 무인의 모습이 있었다. 그렇지만 그 누가 봐도 이 싸움은 이미 끝났다.

그걸 청노 본인 또한 모르지는 않을 터.

그럼에도 불구하고 청노는 검을 내리고 싶지 않았다. 그 누구도 청노의 생각을 멈추게 할 수 없었다. 단 한 명을 제하고서는.

"그만!"

커다란 사내의 외침과 함께 연무장 입구에 한 쌍의 남녀가 모습을 드러냈다.

그들의 정체는 바로 월하린과 서원룡이었다.

둘은 연무장 내부로 들어오기 무섭게 이곳의 상황에 당황한 듯해 보였다. 서원룡은 피투성이가 된 청노를 보며 딱딱하게 굳었다.

그리고 그건 월하린 또한 마찬가지였다.

그녀는 변해 버린 연무장의 모습과 다친 청노의 모습에 놀라 버렸다. 그리고 그런 청노의 앞에 서 있는 백호까지.

큰 부상은 입지 않았지만 몸 곳곳에 상처가 생긴 백호와 시선을 마주치자 월하린이 놀라 달려갔다. 그녀의 몸이 빠르게 백호의 앞에 도착했다.

월하린이 놀란 눈으로 백호의 양팔을 잡고는 이리저리 돌리며 확인했다.

"괜찮아요?"

"야야, 지금 네가 잡은 곳이 다친 데야!"

"아, 미안해요."

놀란 월하린이 황급히 손을 뗐다. 월하린의 손에 백호의 피가 묻어 있었지만 그녀는 아랑곳하지 않았다. 월하린이 백호에게 달려가는 걸 가만히 바라만 볼 수밖에 없었던 서원룡은 이내 입술을 깨물며 청노에게 다가갔다.

서원룡을 쳐다보던 백호가 불만스레 말했다.

"야, 근데 왜 넌 저놈하고 같이 오냐?"

"그야 저한테 보냈던 청노가 안 오니까 걱정돼서 찾아왔죠! 그리고 청노하고 백호 당신이 함께 연무장으로 가는 걸 본 사람들이 있다고 해서 혹시나 하고 와 본 건데……."

말을 하던 월하린이 속상하다는 듯이 백호를 바라봤다. 얼굴이며 팔이며, 하반신에도 상처투성이다. 대체 왜 괜한 싸움을 해 가지고 이런 부상을 입는지 모르겠다.

다친 백호를 보니 화가 났는지 월하린이 복잡한 감정이 담긴 목소리로 물었다.

"대체 왜 싸운 거예요?"

"보여 주려고. 누가 더 널 지킬 힘이 있는지를."

"……."

백호의 한마디에 월하린은 아무런 대답도 하지 못했다. 자신을 지킬 힘을 증명하기 위해 싸웠다니, 왠지 모르게 감정이 격해졌다.

그녀는 대답 대신 그를 가만히 올려다보기만 했다. 그런 월하린의 시선을 마주한 백호가 웃으며 물었다.

"왜 그러냐? 얼굴엔 잔뜩 화가 나 가지고."

"……다치지 말아요."

"겨우 요만큼 다쳤다고! 상대는 저렇게 피떡이……."

"요만큼이라도 다치지 말라고요."

화난 듯이 말하는 월하린의 모습에 백호가 당황했다.

"어?"

"크든 작든 상관없으니 다치지 말아요. 당신이 다치면……."

월하린은 채 말을 잇지 못했다.

잠시 고개를 숙였던 월하린이 감정을 추스르고는 이내 전우신을 향해 말했다.

"청노께서 많이 다치신 것 같은데 의원께 안내 좀 부탁드릴게요."

"알겠습니다."

전우신이 서원룡과 청노에게로 다가갔다.

서원룡과 시선을 마주치자 월하린이 먼저 사과의 뜻을 전했다.

"이 일에 대해서는 나중에 다시 사과드릴게요. 우선은 치료가 먼저시니 언짢으시더라도 양해 좀 부탁드릴게요."

"그리하지요."

대답을 한 서원룡의 시선이 백호에게로 향했다.

청노를 이렇게 다치게 한 백호에게로 향하는 시선이 고울 리는 없었지만 월하린의 말대로다. 지금 이 같은 상황에 대해 떠드는 것보다는 치료가 먼저다.

서원룡과 청노는 전우신의 안내를 받으며 연무장을 빠져나갔다.

그들이 빠져나가자 연무장에는 단둘만 남게 됐다.

그러자 월하린이 고개를 돌려 다시금 백호를 바라봤다. 볼에 난 상처를 보자 월하린은 다시금 속상했는지 양손을 뻗어 그의 얼굴을 감쌌다.

"이게 뭐예요. 잘생긴 얼굴 이렇게 상해서 되겠어요?"

월하린의 말에 백호가 기분이 좋았는지 히죽거리며 대답했다.

"별거 아냐. 이 정도야 그냥 침만 발라도 낫는다니까?"

"됐어요. 저랑 같이 의원이나 가요."

"진짜 별거 아니⋯⋯."

"흥 진다니까요? 어서요."

월하린이 잡아끌자 백호는 자신도 모르게 그녀에게 끌려가기 시작했다. 백호는 월하린에게 끌려가며 언제부터 자신이 이렇게 말을 잘 듣게 됐는지 모르겠다는 듯 머리를 긁적거렸다.

월하린이 백호를 잡아끌고 걸으며 다시금 핀잔을 줬다.

"절 지킬 힘이 있는지 없는지 보여 주는 게 뭐 그리 중요하다고 이렇게 다치고 다녀요. 괜히 다치기만 하고 얻은 것도 없고."

"난 많이 얻었는데?"

"뭘 얻었는데요?"

"우선 애초의 목적이었던 널 지킬 힘이 나에게 아주아주 충분하다는 걸 보여 줬지."

"그리고요?"

"음, 그리고……."

백호가 히죽 웃으며 말을 이었다.

"쾌검을 배웠어."

제7장. 확답
— 제 마음이에요

시끄러웠던 싸움이 있었던 이튿날.

아운의 처소로 한 사내가 조심스럽게 모습을 드러내고 있었다. 그의 정체는 다름 아닌 전우신이었다.

방 안에 들어선 전우신이 가볍게 헛기침을 했다.

"흠흠."

"여기 웬일이냐?"

침상에 누워 있던 아운이 자리에서 일어났다. 전우신이 아운에게 다가가며 말했다.

"몸 아프다더니 좀 괜찮냐?"

아운이 전우신을 향해 놀리듯이 말했다.

"설마 병문안 온 거야?"

"병문안은 무슨. 그냥 지나가다가 안 죽었나 궁금해서 잠시 들어와 봤지."

"좋아하는 꽃이라도 좀 들고 오지 그랬냐?"

"이 새끼가……."

한 번 확 쥐어박기라도 하려는 듯 주먹을 들어 올리던 전우신은 짧게 한숨을 내쉬었다. 그리 좋지 않은 안색을 한 아운을 보니 화낼 기분도 사라진다.

전우신은 방 한쪽에 있는 의자를 드르륵 소리가 나게 잡아당기고는 그곳에 몸을 실었다. 자리에 앉은 전우신이 아운을 바라보며 통명스레 말했다.

"입이 살아 있는 걸 보니 죽을 때는 아닌가 보네."

"내 목숨 질긴 거 모르냐? 너보다 오십 년은 더 살다 죽을 건데?"

"그러시든지."

어처구니없다는 듯이 대답하던 전우신이 이내 슬쩍 아운을 곁눈질하다가 물었다.

"무슨 일 있는 건 아니지?"

"갑자기 뭐가?"

"아프다는데 뭔가 이상해서 말이야."

"……그냥 이상하게 몸이 좀 별로였어. 별거 아니니까

너무 신경 안 써도 돼."

아운은 별일 아니라는 듯이 간단하게 말하고는 입을 굳게 닫았다. 그날의 기억이 떠오르자 아운의 표정은 더 딱딱하게 변했다.

그런 그를 바라보던 전우신이 물었다.

"어제 있었던 일은 들었어?"

"백호님이 해남파 청노라는 노인이랑 한판 한 거?"

"방 안에 틀어박혀 있어도 알 건 다 아는 모양이네."

"그 정도 알아내는 거야 어렵지도 않지."

대수롭지 않다는 듯이 아운이 대꾸했다.

방 안에 있다고 해도 외부의 일을 모르는 건 아니었다. 전우신도, 아운도 이곳 백하궁에 있는 이유 자체가 월하린 그녀를 감시하기 위함이 아니었던가.

그런 그들에게 그 정도의 감시망도 없을 리가 없었다. 서로 그 사실을 알기에 둘은 그것에 대해 왈가왈부하지 않았다.

가만히 앉아 있던 전우신이 조심스레 입을 열었다.

"밥은 먹었냐?"

걱정스러움이 담긴 말투에 아운이 이를 악다물고 있다가 말을 뱉어 냈다.

"그게 뭔 상관이냐?"

"아니, 아프다니까……."

"내가 밥을 먹든 말든 네가 뭔 상관이냐고."

"너 왜 이렇게 까칠하냐?"

전우신이 표정을 구기며 물었다.

평소에도 자주 까칠하게 대화를 나누며 싸워 오던 두 사람이었지만, 그때와 지금은 느낌부터가 달랐다. 그런 전우신의 물음에 아운이 그를 바라보며 말했다.

"우리가 서로 걱정해 줄 사이는 아니지 않나? 그러니 신경 끄라고."

"하아."

전우신이 짜증스러운 표정으로 아운을 바라봤다.

딴에는 나름 신경이 쓰여서 온 것인데 아운이 유별날 정도로 민감하게 반응하니 화가 치밀었다. 하지만 이상하게 말다툼을 하고 싶은 생각조차 들지 않는다. 평소라면 당장이라도 입을 열고 싸움을 걸었을 터인데 지금은 그럴 마음이 없었다.

화를 낼 가치조차 없다는 생각이 드는 탓이다.

차갑게 식은 표정으로 전우신이 자리에서 일어났다.

"귀찮게 했나 보군. 미안하다."

"……."

말을 마친 전우신은 곧바로 방을 빠져나가 버렸다.

전우신이 사라진 이후 가만히 앉아 있던 아운이 자신의 머리를 마구 헝클어트렸다.

"아씨, 왜 이렇게 짜증이 나지."

자신이 한 행동은 틀리지 않았다.

정파와 사파의 사이, 더욱 친밀하게 지낼 필요는 없는 게 사실이다. 한동안 이곳에 섞여 살며 자신도 모르게 이들과 너무 가까워졌었다. 그리고 그걸 눈치챈 사형 도효굉이 찾아와 경고도 하지 않았던가.

다시 이런 일이 생긴다면 그가 자신을 죽이겠다 했다. 그리고 도효굉은 결코 허언을 지껄이는 자가 아니다. 그는 자신이 내뱉은 말에 반드시 책임을 지는 무서운 자다.

그랬기에 어떻게든 이들과 거리를 두려 했거늘……

아운이 고개를 푹 수그린 채로 중얼거렸다.

"멍청한 자식, 왜 괜히 찾아와 가지고는…… 사람 미안하게 만드냐."

탕!

아운은 괜히 애꿎은 의자만 발로 걷어찼다.

*   *   *

월하린은 자신을 찾아온 시비의 말을 전해 듣고는 얼굴

에 화색을 띠었다.

"정말 다행이에요! 가셔서 몸 관리 잘하시고 곧 찾아뵙겠다고 말 좀 전해 줘요."

"알겠습니다, 궁주님."

시비가 고개를 숙이는 사이 월하린은 빠른 걸음으로 거처를 빠져나와 어딘가로 향했다. 그녀가 가는 곳은 다름 아닌 백호의 연무장이었다.

의원에게 실려 갔던 청노가 다행히도 치명적인 부상은 아니라는 말을 전해 들은 월하린은 크게 안도하고 있었다. 혹여나 이번 싸움으로 인해 백호에게 무슨 피해가 가지 않을까 걱정했던 그녀였다.

얼마나 걱정이 컸던지 월하린은 밤을 꼬박 새울 정도로 신경을 쓰고 있었다. 그토록 고민했거늘 청노의 상태가 한결 호전되었다 하니 어찌 기쁘지 않을 수 있겠는가.

월하린은 이 기쁜 사실을 알리기 위해 백호를 황급히 찾은 것이다.

한걸음에 연무장까지 달려온 그녀가 문을 열어젖히며 입을 열었다.

"백호! 청노가……."

말을 내뱉던 그녀의 입이 천천히 멈추었다.

연무장 중앙에 있는 백호는 한참 검을 휘두르고 있는 중이었다. 단 하루가 지났을 뿐이거늘 백호의 검은 많이 달라져 있었다.

움직이는 검이 예전에 비해 빠르고 날카로워 보였다. 그 모습을 본 월하린은 어제 그가 내뱉었던 말이 떠올랐다.

쾌검을 배웠다는 그 한 마디.

'정말 대단해.'

단 하루 만에 백호는 보다 강해져 있었다.

청노와의 싸움에서 백호는 해남파의 정수인 남해삼십육검을 경험했고, 그로 인해 새로운 무공에 대한 깨달음을 얻었다.

그 덕분에 백호는 예전보다 더욱 빠르게 검을 휘두를 수 있게 됐고, 지금 월하린은 그 말도 안 되는 현장을 두 눈으로 보고 있는 중이었다.

휘익! 휙!

살짝 눕힌 검이 움직이는 모습은 흡사 해남파의 검법을 보는 듯했다. 아마 청노가 이 모습을 본다면 다시금 뒷목을 부여잡고 자리에 드러누울지도 모르겠다.

백호는 월하린이 온 것도 모르고 신명나게 검을 휘두르고 있었다.

그만큼 집중했다는 소리였고, 그런 백호의 흥을 월하린 또한 깨고 싶지 않았다. 무려 한 시진, 그 긴 시간 동안 백호는 물아일체의 상태에 빠져 검만을 휘둘렀다.

백호의 기나긴 검무가 끝났다.

짝짝짝.

갑작스러운 박수 소리에 긴 호흡을 내뱉던 백호가 고개를 돌려 월하린을 확인했다. 백호는 월하린을 발견하고는 눈에 띌 정도로 화색을 띠며 그녀에게 다가왔다.

"언제 왔어?"

"음, 한 시진 정도 전예요?"

"뭐? 그렇게 오래 기다렸다고? 그럼 말을 걸지 그랬어."

"보기 좋아서 그냥 보고 있었어요."

"야, 아무리 그래도 그렇지 한 시진이나 그냥 여기에 서 있는 건……."

"정말 괜찮아요. 그보다 좋은 소식이 있어요!"

월하린이 환하게 웃으며 말하자 백호가 두 귀를 쫑긋거리며 그녀를 바라봤다. 좋은 소식이라는 말에 백호 또한 눈을 빛내며 물었다.

"뭔데?"

"청노의 부상이 심하긴 하지만, 그래도 생명에 지장을 줄 정도는 아니라나 봐요."

"응. 그래서 좋은 일이 뭔데?"

고개를 끄덕인 백호가 되묻자 월하린이 당황한 듯이 어

색한 표정을 지어 보였다. 그녀는 청노가 어떻게 돼서 백호에게 안 좋은 일이 생길까 밤새 잠도 못 자고 걱정했거늘, 그는 전혀 그런 생각조차 하지 않았던 모양이다.

월하린이 말했다.

"그가 생명에 지장이 없는 거요."

"엥? 그게 뭐가 좋은 일인데?"

"그거야…… 그분에게 안 좋은 일이 생겨서 백호 당신에게 뭔가 해코지라도 할까 봐 신경 쓰였으니까요."

"쳇, 좋은 일이라더니 별것도 아니네."

"어어? 전 그 고민 때문에 밤에 잠도 못 잤는데요? 나 혼자 고민했다고 생각하니 뭔가 좀 억울한데……."

월하린이 짐짓 분하다는 듯이 억울한 표정을 지어 보였다. 그런 그녀의 말에 백호가 두 눈을 동그랗게 뜨며 말했다.

"잠 못 잤어? 너 그러다 피부 다 상한다."

백호의 말에 월하린이 자신의 양 볼을 손으로 감싸며 중얼거렸다.

"여자한테 그런 말은 실례라고요."

월하린의 그 중얼거림이 왜 그리도 귀엽게 느껴지는지 백호는 자신도 모르게 그녀의 머리를 마구 쓰다듬었다. 그런 백호의 손길에 월하린은 픽 하고 웃으며 흐트러진 머리카락을 정돈했다.

백호가 월하린을 바라보며 입을 열었다.

"신나게 움직였더니 좀 덥네. 잠깐 좀 나갈까?"

"좋죠?"

월하린은 백호의 제안에 좋다는 듯이 고개를 끄덕였다.

백호는 검을 허리에 차고는 곧바로 연무장의 입구로 걸어갔다. 그렇게 둘은 나란히 연무장을 벗어났다.

밤이었지만, 하늘에 뜬 보름달 덕분인지 주변은 그리 어둡지만은 않았다.

월하린이 올 때만 해도 슬슬 어두워지는 정도였는데, 백호를 기다리는 그 시간 동안 벌써 이렇게 깊은 어둠이 주변을 잠식한 모양이다.

월하린이 백호를 향해 말을 걸었다.

"낮이 짧아지는 걸 보니 슬슬 추워지려나 봐요."

"끄응, 추운 건 질색인데."

"더운 것도 질색이라면서요?"

"너 나에 대해 너무 잘 아는데."

백호가 재미있다는 듯이 히죽 웃으며 대답했다.

두 사람은 그렇게 나란히 서서 천천히 한 걸음, 한 걸음 걸어 나갔다. 조용한 시간을 가지고 싶었는지 둘은 인적이 드문 길을 따라 움직였다.

별말도 나누지 않았거늘 둘의 얼굴에는 가벼운 미소가 머문다.

서로가 서로를 가끔씩 바라보며 그저 웃음만 흘릴 뿐 둘 사이에는 굳이 긴 대화가 필요하지도 않았다. 말을 하지 않아도 어색하지 않았고, 이 시간이 지루하지도 않다.

오히려 이 시간이 좋았고, 계속해서 이어지길 월하린은 바라고 있었다.

백하궁 내부 인적이 드문 길을 따라 걷던 두 사람이 멈추어 선 건 커다란 나무 앞에서였다. 월하린은 그 나무 기둥에 가만히 손을 가져다 댔다.

그녀가 나무를 어루만지다 천천히 고개를 들어 올렸다.

하늘에 뜬 보름달이 빛을 쏟아 내고 있었다.

월하린이 보름달을 보며 중얼거렸다.

"보름달이 오늘따라 참 예쁘네요."

"예쁘긴. 달이 다 똑같지 뭐."

백호가 심드렁한 목소리로 대꾸했다.

사실 요새 월하린의 머리는 복잡했다.

정리하지 못한 생각들, 그리고 때맞추어 나타난 약혼자 서원룡의 존재까지. 너무나 많은 것들이 한꺼번에 그녀에게 일어나고 있었다.

그리고 그 복잡한 이유 중에 가장 큰 건 다름 아닌 한 사내였다.

월하린이 달빛 아래에 홀로 선 백호를 바라봤다.

새하얀 머리카락을 흩날리며 달빛 아래에 서 있는 그의 모습은 너무나 이질적이었고, 또한 아름답게까지 느껴졌다.

웃음이 나왔다.

그저 이렇게 바라만 봐도 좋은 저 사내…….

웃고 있는 그녀를 향해 갑자기 백호가 고개를 돌렸다. 그러고는 그가 그녀를 향해 손을 뻗었다.

월하린은 자신에게 향한 백호의 손을 바라봤다.

월하린이 물었다.

"뭐예요?"

"보름달이 예쁘다며. 이 위로 가면 더 잘 보일 거 아냐."

백호가 바로 옆에 있는 커다란 나무를 가리키며 말했다.

월하린이 말없이 뻗은 그의 손을 바라만 봤고, 그런 상황이 길어지자 백호가 어서 달라는 듯 재촉했다.

"어서 손 달라니까?"

"……."

월하린이 망설이고 있을 때였다.

우물쭈물하고 있던 그녀의 손을 백호가 휙 낚아챘다. 월하린의 손을 꽉 잡은 백호가 그녀의 허리에 가볍게 손을 가

져다 댔다. 그러고는 아주 자연스럽게 나뭇가지들을 밟고
그대로 나무를 타고 움직였다.

꽤나 큰 나무였지만 백호는 순식간에 월하린을 데리고
가장 위까지 올라섰다.

나무 꼭대기까지 오른 백호가 꽉 잡은 월하린의 손을 놓
으려고 할 때였다.

손가락이 풀리려는 그 순간 월하린은 힘을 줘서 백호의
손을 움켜잡았다. 그런 월하린의 행동에 백호가 왜 그러냐
는 듯이 쳐다봤고, 그녀가 조심스럽게 말했다.

"……떨어질지도 모르니까 내려갈 때까지만 잡고 있어
도 되죠?"

"그렇게 해."

대답이 떨어지자 월하린은 백호의 손을 꼬옥 잡았다. 그
리고 그 상태 그대로 월하린은 나뭇가지에 앉은 채로 하늘
을 올려다보았다.

서원룡이 했던 제안에 대한 그녀의 마음이 정해졌다.

＊　　　＊　　　＊

작은 책상 하나에 둘러앉은 세 사람 사이에 묘한 적막이
흐른다. 백호를 바라보는 서원룡의 표정은 곱지 않았다.

그가 아버지처럼 믿고 따르는 청노를 그 꼴로 만든 것이 백호가 아니던가.

서원룡의 입장에서 시선이 고울 리가 없다.

그런데 그런 서원룡의 뜨거운 시선을 받는 당사자인 백호는 태평했다. 그는 아무렇지 않은 얼굴로 자신을 노려보는 서원룡을 힐끔 바라보고 있을 뿐이었다.

묘한 분위기를 깬 건 역시나 월하린이었다.

"흠흠."

가볍게 헛기침으로 시선을 집중시킨 그녀가 먼저 서원룡에게 말했다.

"우선 죄송하다는 말 전할게요. 비무였다고는 하지만 그렇게까지 다치게 만든 점은 입이 열 개라도 할 말이 없어요."

"아닙니다. 대충 사정은 전해 들었습니다. 먼저 검강을 발현한 것도 청노라 하니 이 일은 여기에서 그만 덮도록 하지요."

마음 같아서는 백호에게 책임을 묻고 싶은 서원룡이었지만 그는 꾹욱 참았다. 감정보다는 이성적으로 최대한 상황을 생각해 보았고, 비무를 먼저 제안한 것은 백호였지만 그 일을 크게 벌인 건 어찌 보면 청노이기도 했다.

방금 말한 것처럼 청노가 먼저 비무에서 검강을 사용했

고, 백호의 입장에서는 그것을 막기 위해 그와 흡사한 힘을 뿜어내는 건 당연한 일이다.

그렇게 생각하고 이들을 만나긴 했지만……

전혀 미안한 기색도 없이 멀뚱멀뚱 앉아 있는 백호를 보니 계속해서 울컥울컥 화가 치밀어 오를 수밖에 없었다.

월하린이 조심스레 물었다.

"상태는 많이 나아지셨다 들었는데 몸은 좀 어떠신가요?"

"이제 거동도 문제없이 하시고, 죽뿐이긴 하지만 식사도 하시고 계십니다."

"그나마 다행이네요."

"다행이긴 하죠. 살짝 옆으로 들어갔다면 생사를 오가셨을 테니까요."

서원룡이 백호를 바라보며 말했다. 마치 들으라는 듯이 말했건만 지금도 백호는 자신과는 전혀 상관없는 것처럼 의자에 기댄 채로 딴청만 부리고 있었다.

그런 백호의 모습에 서원룡이 살짝 표정을 구겼고, 월하린이 책상 아래로 백호를 가볍게 툭툭 쳤다.

백호가 월하린을 향해 고개를 돌렸다.

"응? 왜?"

되묻는 백호를 향해 월하린이 서원룡을 보라며 고갯짓을

했다. 월하린이 무슨 말이라도 해 보라는 것처럼 백호를 바라보자 잠시 고민하던 그가 말했다.

"애초부터 안 죽을 곳을 노렸던 거야. 난 정확하거든."

"……."

백호의 그 말에 월하린은 고개를 푹 숙였다.

서원룡은 기가 차다는 표정으로 백호를 바라보긴 했으나 이내 고개를 저었다. 몇 번 보아 오면서 이 사내가 어떠한 성격을 지녔는지 절절히 느꼈던 탓이다.

하지만 막상 당사자인 백호는 뭐가 문제냐는 듯이 그런 둘을 바라만 볼 뿐이었다.

그 모습이 참으로 백호답다는 생각이 든 것도 잠시, 월하린은 고개를 휘휘 저어 백호에 대한 생각을 떨쳐냈다. 그날 일에 대한 이야기를 잘 끝마치기 위해 이 자리에 함께한 그녀로서는 어떻게든 뒤끝 없이 이 일을 마무리 짓고 싶었다.

그나마 다행인 것은 서원룡이 그리 모나지 않은 성격인데다 그가 이 일에 대한 책임을 백호에게 물으려 하지 않으려 한다는 점이다.

월하린은 그런 서원룡에게 다시 한 번 감사의 뜻을 표했다.

"어쨌든 회복이 빠르셔서 정말 다행이에요. 그리고 서로

좋게좋게 이번 일을 마무리 지을 수 있게 배려해 주신 점, 말씀 안 하셔도 잘 알고 있어요. 너무 감사해요.”

“아닙니다. 그저 사리에 맞게 판단했을 뿐이니 이리 감사 인사까지 하지 않으셔도 됩니다.”

서원룡이 희미하게 웃으며 답했다.

거듭 고맙다는 뜻을 표하는 월하린과 그런 그녀를 향해 아니라고 말하는 서원룡의 대화에 백호가 지루하다는 듯이 하품을 했다.

최근 들어 익힌 쾌검의 매력에 빠진 백호에게 이 자리는 그리 유쾌하지 않았다. 자신이 이곳에 있는 것도 그렇지만 월하린이 이 인간과 함께 있는 건 더욱 언짢다.

당장이라도 박차고 나가고 싶은 걸 꾹꾹 참는 건 바로 그 때문이다.

백호는 어서 이곳을 나가고 싶었는지 당과를 하나 입에 문 채로 귀찮다는 듯이 발을 까닥거렸다. 그렇게 태평하게 앉아 있던 백호, 하지만 이내 그런 그의 행동이 돌변했다.

그건 바로 서원룡의 입에서 나온 한마디 때문이었다.

“그나저나 제가 했던 제안에 대한 답은 언제쯤 들을 수 있을까요?”

서원룡의 말에 월하린은 깜짝 놀랐다.

이미 마음을 정하긴 했지만 그가 먼저 이 같은 말을 꺼낼 거라고는 생각지 못했기 때문이다. 그 말에 동요한 것은 월하린뿐만이 아니었다.

심드렁하니 있던 백호가 월하린이 관계되자 처음으로 반응했다.

"제안? 무슨 제안?"

그런 백호를 슬쩍 바라봤던 서원룡이 마치 들으라는 듯이 목소리에 힘을 주며 말했다.

"월 소저에게 저와 혼인을 해 달라고 말씀드렸거든요."

"뭐? 난 그런 이야기 못 들었거든?"

백호가 소리쳤다.

그런 그를 향해 서원룡이 고개를 끄덕거리며 말했다.

"당연하죠. 당신이 없을 때 한 이야기니까."

"끄응."

백호가 미간을 찡그리며 서원룡을 노려봤다. 뭔가에 대해 더 말하고 싶었던 백호였지만, 막상 할 말이 떠오르지 않아 입을 다물었다. 그러자 서원룡의 시선은 자연스레 월하린에게로 돌아갔다.

그가 웃으며 물었다.

"그때 제가 한 제안에 대한 대답, 이제 들을 수 있을까요?"

당황해 있던 월하린은 서원룡의 물음에 이내 냉정을 되

찾았다. 그녀가 천천히 고개를 끄덕였다.

"예, 답을 드릴 수 있을 것 같아요."

"드디어…… 대답을 들을 수가 있겠군요."

서원룡이 얼굴에 미소를 머금었다. 그런 둘의 묘한 대화에 뭔가 조급해진 백호가 이리저리 고개를 돌려댈 때였다.

월하린이 백호를 바라보며 말했다.

"백호, 잠시만요. 저와 서 소협 단둘이 이야기를 좀 하고 싶은데…… 자리 좀 비켜 줄 수 있겠어요?"

"자리를 비켜 달라고?"

"네, 둘이서만 하고 싶은 이야기라서요."

백호는 이 자리에서 떠나고 싶지 않았다.

하지만 단호해 보이는 월하린의 표정을 보는 순간 백호는 고개를 끄덕일 수밖에 없었다. 백호가 불만 가득한 얼굴로 자리에서 일어날 때였다.

『하나만 더 부탁할게요. 저와 서 소협의 대화를 엿듣지 말아 줘요.』

월하린은 백호에 대해 너무나 잘 알았다.

비록 이 자리에 없다고 해도 그가 마음만 먹는다면 자신들의 대화는 충분히 들을 수 있으리라. 그랬기에 그녀는 백호에게 이 같은 부탁을 한 것이다.

대화를 엿듣지 말아 달라는 말에 백호는 한층 더 표정을 구기며 월하린을 바라봤다. 눈이 마주치자 그녀가 살며시 웃으며 다시금 전음을 보냈다.

『약속해 줄 수 있죠?』

백호는 당장이라도 싫다고 말하고 싶었다.

이 자리에서 뜨는 것도 싫고, 둘이 무슨 이야기를 나누는지도 궁금했다. 이대로 갔다가 왠지 모르게 월하린이 영영 사라지지 않을까 하는 생각이 백호의 발걸음을 붙잡은 것이다.

그런 생각이 들자 마음 한편에서 짜증이 확 하고 치밀어 올랐다.

당장이라도 이 자리를 뒤집어 버리고 싶은 마음이 가득했지만 백호는 억지로 화를 삼켰다. 백호가 힘겹게 고개를 끄덕였다.

『그러지.』

『고마워요.』

월하린이 곧바로 전음을 보냈고, 백호는 불편한 마음을 억지로 참으며 걸음을 옮겼다. 그가 방을 빠져나가고도 월하린은 잠시 침묵을 지켰다.

백호의 귀에 자신들의 이야기가 들리지 않을 정도로 어느 정도 멀어질 시간을 벌고 있는 것이다.

침묵을 깬 것은 서원룡이었다.

"이거 엄청나게 떨리는군요. 사실 월 소저의 대답을 듣기 위해 기다린 하루하루가 꼭 일 년처럼 길었습니다."

"그랬어요?"

"예, 소저에겐 아니겠지만 저한테는 정말 오랫동안 기다려온 순간이었으니까요."

서원룡의 말에는 거짓이 없었다.

약혼녀의 존재를 알게 된 이후부터 월하린만을 그리며 살아온 남자. 그랬기에 용기를 내서 그녀에게 청혼을 했고, 지금 그 대답을 들으려 하고 있었다.

십 년이 넘는 시간 동안 이 날을 기다렸다.

그가 물었다.

"이제 그 대답을 들어도 되겠습니까?"

월하린을 향한 그의 눈동자에는 흔들림이 없었다. 똑바로 바라보는 서원룡의 시선에 월하린 또한 눈을 돌리지 않았다.

똑바로 그를 마주 본 채로 월하린이 입을 열었다.

"오랜 시간 저를 위해 많은 걸 준비해 주셨다는 걸 잘 알아요. 그렇지만…… 전 당신에게 가지 못할 것 같아요."

"그 말은……."

"예, 이 혼인은 없던 일로 해요."

월하린이 단호하게 말했다.

눈빛을 마주하고 있었기에 서원룡은 알 수 있었다. 이 여인의 생각이 너무나 확고하게 자리 잡혀 있다는 사실을.

일순 말문이 막혔다.

그렇지만 이내 그는 웃으며 장난처럼 말했다.

"저 돈 많습니다."

"알아요."

"해남파는 해남도에서 황제와 다를 게 없습니다. 권력도 있다는 말이죠. 그곳에 가시면 월 소저는 황제처럼 사실 수도 있습니다."

"그것도 알아요."

"그 모든 걸 알면서도…… 싫으시다는 거죠?"

"예."

월하린이 고개를 끄덕였다.

너무나 단호한 월하린의 말에 서원룡은 내심 서운한 마음이 들었다. 심지어 그녀만을 그리며 살아온 어린 시절을 생각하니 억울한 마음까지 드는 것도 사실이다.

그렇지만 서원룡은 월하린을 위해 웃었다.

지금 이곳에서 그녀를 불편하게 하고 싶지 않았으니까. 하지만 궁금했다. 대체 왜 자신을 거절했는지. 지금 월하린의 입장에서 자신만큼 든든한 조력자가 되어 줄 배필이 없다 자신할 수 있었기 때문이다.

"거절하신 이유를 물어도 되겠습니까? 혹 제 어딘가가 마음에 안 드셔서…….

"아뇨. 서 소협은 만난 지 얼마 되지 않았음에도 알 수 있을 정도로 좋은 사람이세요. 성격도 온화하시고, 남에 대한 배려심도 깊고요."

어떤 여인이 이 같은 남자를 싫다 하겠는가.

따뜻하고, 오랜 시간 한 여인만을 그릴 정도로 지고지순함을 갖췄으며 그가 말한 것처럼 배경 또한 튼튼하다.

어찌 보면 서원룡은 월하린에게 다시없을 기회일지도 모른다. 그럼에도 불구하고 월하린이 그런 그를 거절한 이유는 무엇일까?

월하린이 살짝 얼굴을 붉히고는 천천히 입을 열었다.

"당신은 좋은 사람이지만…… 이미 제 마음에 다른 사내가 있어요."

"마음에 두셨다는 분이…….

"백호. 바로 그가 내가 좋아하는 사람이에요."

처음엔 긴가민가했었다.

백호에 대한 마음에 혼란스러웠고, 뭔가 착각하고 있는 건 아닐까 하는 생각도 했다. 하지만 최근 많은 일들을 겪으며 월하린은 자신의 마음을 점점 깨달아 버렸다.

그리고 알았다.

자신의 마음속에 어느덧 어디로 튈지 모르는 공과도 같은 위험천만한 사내, 백호가 자리 잡고 있다는 것을.

태어나서 처음이었다.

누군가를 좋아해 본 것도, 그리고 그러한 걸 다른 이에게 이렇게 말해 본 적도. 자신의 속마음을 처음으로 드러내는 것이 부끄러웠지만 월하린은 말을 멈추지 않았다.

"그가 좋아요. 그리고 그게 제가 소협과의 혼인을 받아들일 수 없는 이유예요."

누군가를 좋아한다는 말을 당당하게 내뱉는다는 건 생각보다 쉬운 일이 아니다. 하물며 단 한 번도 이런 감정을 가져 보지 못했던 월하린으로서는 더욱더.

부끄러웠지만 한편으로 후련했다.

입 바깥으로 말을 꺼내자 자신의 마음을 더욱 확실하게 알 수 있었다.

안다.

백호는 요괴고 자신은 사람이다. 결코 이어질 수 없고, 또 언제라도 백호가 자신의 옆을 떠나도 이상할 게 없다는 것 정도는.

알지만 그에게 향하는 이 마음을 멈출 수 없었다.

갑작스러운 월하린의 고백에 서원룡은 놀라면서도 한편으로는 마음 한편이 아렸다. 마음 같아서는 더 그녀에게 이야기를 하고 싶었지만 서원룡은 쓴웃음을 한 번 지어 보였다.

자신이 그녀를 마음에 품었던 것처럼, 저 여인 또한 백호라는 자를 마음에 품었다.

확고했던 그 표정은 흔들림이 없었기에 자신의 그 어떤 말로도 상황이 바뀌지 않을 거라는 것도 잘 알았다.

그런 현실에 서원룡이 씁쓸한 미소를 지어 보일 때였다.

월하린이 챙겨 왔던 조그마한 상자 하나를 꺼내어 탁자 위에 올려놓았다. 그건 다름 아닌 처음 그녀에게 청혼을 하던 날 서원룡이 건넸던 보석이 담긴 상자였다. 월하린은 그 상자를 밀며 말했다.

"이건 돌려 드릴게요."

결혼 선물이라며 건넸던 상자를 돌려주려 하자 서원룡이 손사래를 치며 말했다.

"아닙니다. 이건 다 소저를 위해 제가 모은 것들입니다. 설령 혼인을 하지 않는다 해도 이건 제 마음이니 그냥 받아 주시지요."

"아뇨, 그건 아니라고 생각해요."

월하린이 똑 부러지게 말했다.

그녀는 상자에서 손을 뗀 채로 말을 이었다.

"제가 받을 물건이 아니에요. 그리고 무엇보다…… 전

이거 하나면 충분하니까요."

말을 마친 월하린의 손이 천천히 자신의 목에 걸린 목걸이에 닿았다. 그 어떠한 금은보화보다 백호의 손톱으로 만들어진 이 목걸이가 그녀에겐 더 소중했다.

받지 않겠다는 단호한 말투에 서원룡은 어쩔 수 없이 건넸던 상자를 다시금 돌려받아야만 했다.

이야기를 끝냈다 생각했는지 월하린이 자리에서 일어났다.

"이만 가 볼게요."

"바로 가시려는 겁니까? 차라도 한잔하고 가시죠."

"아뇨, 그 사람이 기다려서요."

월하린이 웃으며 대답했다.

백호를 먼저 떠나보냈던 것이 그녀 또한 못내 마음에 걸렸던 모양이다. 하지만 발걸음을 떼려던 월하린은 뭔가가 생각났는지 멈추어 섰다.

"아 참, 그리고 제가 좋아한다는 건 백호에겐 말하지 말아 주세요."

"설마…… 짝사랑이라도 하시는 겁니까?"

"네. 맞아요."

월하린이 아무렇지 않다는 듯 웃으며 대답했다.

그런 그녀의 모습에 서원룡은 짧게 한숨을 내쉬었다. 자신이 마음에 둔 여인이 다른 사내를 짝사랑하고 있다는 게 못내 언짢았다.

"월 소저 정도 되는 분이 짝사랑이라니요. 차라리 본심을 그자에게……."

"아뇨, 백호한테 괜한 부담 주고 싶지 않아요."

서원룡은 모르지만 월하린은 백호에 대해 알고 있지 않은가.

요괴인 그에게 자신이 고백을 한다? 우스운 소리다. 괜히 그랬다가 백호가 말도 없이 훌쩍 떠나 버린다면 어떻게 한단 말인가.

차라리 이대로라도 좋으니 그의 옆에 있고 싶었다.

그게 월하린의 마음이었다.

월하린이 웃으며 다시금 말했다.

"부탁할게요. 들어주실 수 있죠?"

"그거야 물론입니다만……."

"고마워요. 그럼 나중에 시간 될 때 차라도 한잔해요."

말을 마친 월하린이 백호를 향해 나아갈 때였다.

서원룡이 물었다.

"짝사랑이란 걸 알면서도 옆에 있을 정도로 그자가 좋으신 겁니까?"

월하린이 발을 멈추고 고개를 돌렸다.

수도 없이 자신에게 했던 질문을 지금 서원룡이 하고 있었다. 그리고 자신의 마음을 알아 버린 이후에 월하린의 대답은 항상 같았다.

월하린이 다시금 목걸이를 어루만지며 크게 고개를 끄덕였다.

"좋아해요. 너무 좋아서 어떻게 해야 될지 모를 정도로 그 사람이 좋아요."

〈다음 권에 계속〉

武當前生

무당전생

정원 신무협 장편소설

ORIENTAL FANTASY STORY & ADVENTURE

문피아 골든 베스트 1위, 소문난 명품 무협!

환생은 했지만, 재능도, 기연도 없다.
폭력과 죽음이 난무하는 무림에서 믿을 건 오직 전생의 기억.

무당파 사대제자 진양. 그가 가는 길을 주목하라!

dream
books
드림북스

양경 신무협 장편소설

ORIENTAL FANTASYSTORY & ADVENTURE

『화산검선』, 『악공무림』의 작가 양경!
그가 선보이는 또 다른 신무협의 세계!

『무당신마(武當神魔)』

도가의 성지 무당파에서 새로운 마(魔)가 태동한다!

dream
books
드림북스

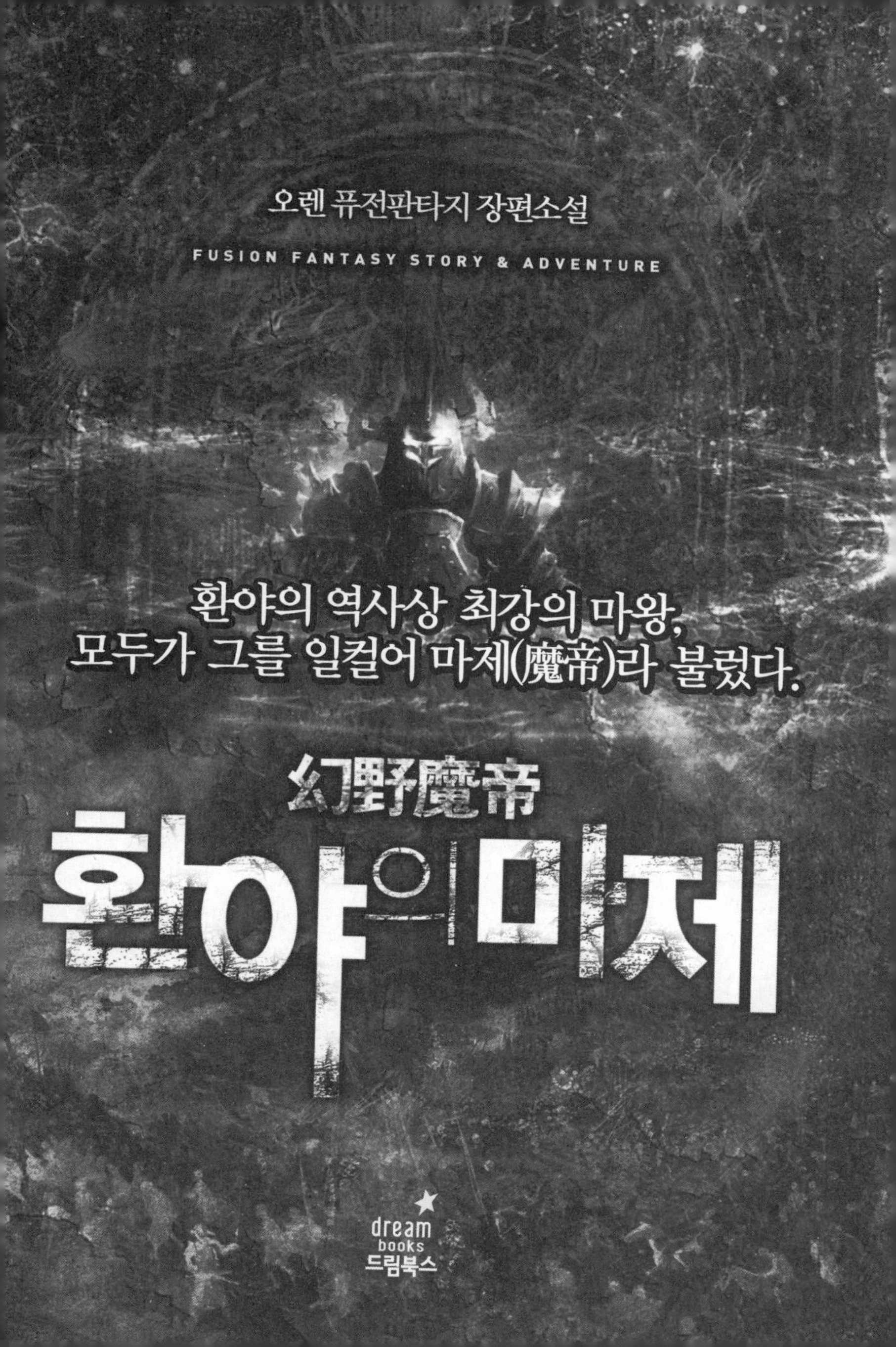
오렌 퓨전판타지 장편소설
FUSION FANTASY STORY & ADVENTURE
환야의 역사상 최강의 마왕,
모두가 그를 일컬어 마제(魔帝)라 불렀다.
幻野魔帝
환야의 마제
dream books
드림북스

독공의 대가

권이백 신무협 장편소설

짜임새 있는 전개,
유쾌한 이야기로 독자들을 사로잡다!

사냥꾼이자 독인, 두 가지 정체성을 지닌 소년 왕정.
전대미문인 그의 독공지로(毒功之路)에 주목하라!

dream
books
드림북스